अल्बैर कामू

अल्बैर कामू का जन्म 7 नवम्बर, 1913 को फ्रांस के तत्कालीन उपनिवेश अल्जीरिया (अफ्रीका) के मोन्दोवी शहर में हुआ था। बचपन गरीबी में बीता। दर्शनशास्त्र में उच्च शिक्षा हासिल की। कुछ समय के लिए अल्जीरिया की कम्युनिस्ट पार्टी से जुड़े। किशोरावस्था से ही तपेदिक की चपेट में रहे। आजीविका के लिए तरह-तरह का काम किया। 1943 में पेरिस चले गए। विश्वयुद्धों के दौरान फ्रांस पर जर्मन कब्जे के खिलाफ 'काम्बेट' नामक पत्र निकाला। कुछ पत्रों का सम्पादन भी किया। यूनानी दर्शन, ईसाइयत तथा अल्जीरिया और यूरोप की संस्कृति से गहरे प्रभावित रहे। अपने लेखन में अधर्म, नास्तिकता, मृत्यु और मानवीय कष्टों का अपूर्व चित्रण किया।

उन्हें 1957 में साहित्य का *नोबेल पुरस्कार* प्रदान किया गया।

उनकी प्रमुख कृतियाँ हैं—'प्लेग', 'पतन', 'अजनबी', 'सुखी मृत्यु', 'पहला आदमी' (उपन्यास); 'निर्वासन और आधिपत्य' (कहानी-संग्रह); 'कालिगुला', 'न्यायप्रिय', 'अर्थदोष' (नाटक); 'सही पक्ष और गलत पक्ष', 'सिसिफ़स का मिथक', 'विद्रोह' (निबन्ध)।

4 जनवरी, 1960 को विलेब्लेविन (फ्रांस) में कार दुर्घटना में उनका निधन हो गया।

शरद चन्द्रा

फ्रांसीसी भाषा-साहित्य की विद्वान शरद चन्द्रा का जन्म 2 जनवरी, 1943 को जयपुर, राजस्थान में हुआ। उन्होंने दिल्ली, राजस्थान और नाइजीरिया के विश्वविद्यालयों एवं इग्नू में अध्यापन किया। कहानी, कविता, निबन्ध आदि विधाओं में अंग्रेजी और हिन्दी में उनकी कई किताबें प्रकाशित हैं। उन्होंने अल्बैर कामू की सात किताबों के अलावा फर्नांदो पैसोआ, ज्याँ-पाल सार्त्र, अतिक रहिमी, अमीन मालूफ आदि की रचनाओं के अनुवाद किए हैं।

ई-मेल : sharadchandra2006@yahoo.com

राजकमल से प्रकाशित
लेखक की किताबें

उपन्यास

अजनबी
प्लेग
पतन
सुखी मृत्यु
पहला आदमी

कहानी

निर्वासन और आधिपत्य

नाटक

अर्थदोष
कालिगुला
न्यायप्रिय

न्यायप्रिय

अल्बैर कामू

अनुवाद

शरद चन्द्रा

राजकमल पेपरबैक्स

यह नाटक सर्वप्रथम फ्रेंच में Les Justes नाम से 1949 में प्रकाशित हुआ।

राजकमल पेपरबैक्स में
पहला संस्करण : 2023
दूसरा संस्करण : 2024

राजकमल पेपरबैक्स : उत्कृष्ट साहित्य के जनसुलभ संस्करण

राजकमल प्रकाशन प्रा. लि.
1-बी, नेताजी सुभाष मार्ग, दरियागंज
नई दिल्ली-110 002
द्वारा प्रकाशित

शाखाएँ : अशोक राजपथ, साइंस कॉलेज के सामने, पटना-800 006
पहली मंजिल, दरबारी बिल्डिंग, महात्मा गांधी मार्ग, प्रयागराज-211 001
1, अनमोल सोराबजी संतुक लेन, धोबी तलाव, मरीन लाइंस, मुम्बई-400 002

वेबसाइट : www.rajkamalprakashan.com
ई-मेल : info@rajkamalprakashan.com

यश प्रिंटोग्राफिक्स
नोएडा-201 301 (उत्तर प्रदेश)
द्वारा मुद्रित

मूल्य : ₹199

NYAYAPRIYA
Play by Albert Camus
Translated by Sharad Chandra

ISBN : 978-81-19835-55-3

ओह प्यार! ओह जीवन!
जीवन नहीं, मौत में प्यार!

रोमिओ और जूलियट

अंक 4, दृश्य 5

निवेदन

नोबेल-पुरस्कार विजेता और फ्रांस के विख्यात फ्रांसीसी लेखक अल्बैर कामू की एक और कृति हिन्दी जगत में प्रस्तुत करते हुए मुझे अपार सुख व आत्मसंतोष मिल रहा है। पहले की तरह यह उलथा मैंने मूल पाठ से किया है और इस बार भी मेरा प्रयास मूल लेखक के विचार और शैली को अक्षुण्ण रखने का रहा है। इस सन्दर्भ में साहित्य के प्रति, साहित्यकार कामू के प्रति अर्पित अपनी श्रद्धांजलि में मैं कहाँ तक सफल रही हूँ, इसका निर्णय स्वयं पाठकगण ही कर पाएँगे।

'न्यायप्रिय' का विषय कामू ने सन् 1905 में निरंकुशता के विरोध में, रूस में आतंकवादियों द्वारा संगठित विद्रोह से चुना है। इसमें उन्होंने राजनैतिक आतंकवाद की सरहदों को दिखाने की कोशिश की है। आतंकवाद से सम्बन्धित होने के कारण इसमें वर्तमान स्थिति के साथ प्रासंगिकता तो है ही, एक नाटक के रूप में यह कामू की श्रेष्ठतम रचना समझी जाती है। आधुनिक त्रासदी की शैली में यह उनका एक बहुत प्रतिभाशाली और प्रवीण प्रयत्न है। नाटक में कलियायेव व दोरा के प्रेम और त्याग से उत्पन्न शौर्यमय और उत्कृष्ट वातावरण विशेष रूप से प्रभावशील है।

फ्रांसीसी भाषा के साहित्य को हिन्दी पाठकों तक पहुँचाने की अपनी लक्ष्य-साधना में सफलता मुझे सुश्री कैथरीन कामू, गॉलीमार प्रकाशन, पेरिस की सुश्री आनीया शिवालियर, राजकमल प्रकाशन, नई दिल्ली के श्री मोहन गुप्त और नई दिल्ली स्थित फ्रांसीसी दूतावास के श्री राजेश शर्मा के सस्नेह समर्थन और सहयोग से मिल सकी है, इसके लिए मैं इन सभी के प्रति अपनी गहरी अनुग्रहीतता स्वीकार करती हूँ, और जवाहरलाल नेहरू पुस्तकालय के प्रति आभार भी, जिसके अपरिहार्य योगदान के अभाव में शायद ही मेरे लिए कुछ काम करना सम्भव होता।

—शरद चन्द्रा

इन्दिरा गांधी राष्ट्रीय मुक्त विश्वविद्यालय
नई दिल्ली-110001

फरवरी 1905 में, मास्को में, आतंकवादियों के एक गुट ने—जो क्रान्तिकारी समाजवादी पार्टी के सदस्य थे—सम्राट के चाचा, प्रधान ड्यूक सार्ज के विरुद्ध एक बम-आक्रमण संगठित किया था। यह आक्रमण, और वे अनोखी परिस्थितियाँ जो इससे पहले और बाद में उनके सामने आईं, 'न्यायप्रिय' का विषय हैं। यद्यपि वे इतनी असाधारण दिखती हैं, पर वास्तव में इस नाटक की कुछ स्थितियाँ यथार्थत: ऐतिहासिक हैं, यह कहना आवश्यक नहीं है और जैसा कि हम देखेंगे, 'न्यायप्रिय' एक ऐतिहासिक नाटक है। इसके सभी पात्र वास्तविक हैं और उन्होंने उसी तरह का आचरण किया था, जैसा मैंने बताया है। मैंने सिर्फ़ उसे सत्याभास देने का प्रयत्न किया है जो पहले से ही सत्य था।

मैंने 'न्यायप्रिय' के नायक का नाम कलियायेव ही रखा है जो कि उनके जीवनकाल में उनका वास्तविक नाम था। ऐसा मैंने कल्पना की शिथिलता के कारण नहीं अपितु उन पुरुषों और महिलाओं के प्रति

सम्मान और प्रशंसा के कारण किया है जिन्होंने इतने दुष्कर कार्य में साहस नहीं खोया। उसके बाद से यह सच है कि प्रगति हुई है, और यह घृणा जो उनकी अद्वितीय आत्माओं पर बोझ बनी हुई थी, जैसे कोई असहनीय पीड़ा हो, अब एक सुविधापूर्ण प्रणाली बन गई है। यह एक और कारण है उन्हें पुनरुज्जीवित करने का, उन महान विभूतियों को, उनके न्यायोचित विद्रोह को, उनकी दुष्कर भ्रातृभावना को, उन असीमित प्रयासों को जो उन्होंने किए, हत्या के साथ एकरूप होने के लिए, और इत्यमेव अभिव्यक्त करने के लिए कि हमारी श्रद्धा किस ओर है।

—अल्बैर कामू

न्यायप्रिय

पात्र-परिचय

दोरा दूलिबव

प्रधान डचैस

इवान कलियायेव

स्तीफ़ान फ़िदारोव

बरीस आनिन्कोव

अलेक्स्यई वइनोव

स्कुरातोव

फ़ोका

सन्तरी

अंक : एक

[आतंकवादियों का कमरा। प्रातःकाल। परदा कमरे की नीरव शान्ति में उठता है। दोरा और आनिन्कोव रंगमंच पर निश्चल खड़े हैं। अन्दर आने की घंटी सुनाई पड़ती है, एक बार। आनिन्कोव दोरा को चुप रहने का संकेत करता है, जो कुछ कहना चाहती है। घंटी दो बार बजती है, एक-के-बाद-एक।]

आनिन्कोव : ये वह है।

[वह बाहर जाता है। दोरा वहीं इन्तज़ार कर रही है, निश्चल। आनिन्कोव स्तीफ़ान के साथ वापस आता है, जिसे उसने कन्धे से पकड़ रखा है।]

ये वह है। देखो, स्तीफ़ान।

[दोरा स्तीफ़ान की ओर जाती है और उसका हाथ पकड़ लेती है।]

कैसा सौभाग्य है, स्तीफ़ान!

स्तीफ़ान : नमस्ते, दोरा।

दोरा : *(उसे गौर से देखती हुई)* तीन साल गुजर भी गए।

स्तीफ़ान : हाँ, तीन साल। जिस दिन उन्होंने मुझे गिरफ़्तार किया, मैं तुमसे मिलने आ रहा था।

दोरा : हम तुम्हारा इन्तज़ार कर रहे थे। समय गुजरता जा रहा था और मेरा दिल और छोटा होता जा रहा था। हममें एक-दूसरे की ओर देखने तक की हिम्मत नहीं रही थी।

आनिन्कोव : हमें एक बार फिर कमरा बदलना पड़ा।

स्तीफ़ान : मुझे मालूम है।

दोरा : और वहाँ, स्तीफ़ान?

स्तीफ़ान : वहाँ?

दोरा : जेल में?

स्तीफ़ान : हम भाग सकते हैं।

आनिन्कोव : हाँ। हमें यह जानकर बड़ी ख़ुशी हुई थी कि तुम स्विट्ज़रलैंड पहुँच गए हो।

स्तीफ़ान : स्विट्ज़रलैंड एक और कारावास है, बरिया।

आनिन्कोव : क्या कह रहे हो तुम? वहाँ कम-से-कम वे स्वतंत्र तो हैं।

स्तीफ़ान : जब तक इस दुनिया में एक भी आदमी गुलामी कर रहा है, स्वतंत्रता एक कारागृह है। मैं स्वतंत्र

था लेकिन रूस और उसके गुलामों के बारे में सोच-सोचकर अघाता नहीं था।

[ख़ामोशी।]

आनिन्कोव : मुझे ख़ुशी है स्तीफ़ान कि पार्टी ने तुम्हें यहाँ भेज दिया है।

स्तीफ़ान : यह ज़रूरी हो गया था। मेरा दम घुटा जा रहा था। कुछ करना चाहिए, आख़िर..

[आनिन्कोव की ओर देखते हुए]

हम उसकी हत्या करने जा रहे हैं; है ना?

आनिन्कोव : इसका मुझे पूरा विश्वास है।

स्तीफ़ान : हम इस जल्लाद को मारेंगे। तुम प्रमुख हो बरिया, और मैं तुम्हारे हुक्म की तामील करूँगा।

आनिन्कोव : मुझे तुम पर हुक्म चलाने की ज़रूरत नहीं है, स्तीफ़ान। हम सब भाई हैं।

स्तीफ़ान : एक अनुशासन की ज़रूरत है। यह मैं जेल में रहकर सीखा हूँ। क्रान्तिकारी समाजवादी पार्टी को अनुशासन की ज़रूरत है। अनुशासित रहकर हम प्रधान ड्यूक को मार देंगे और इस अत्याचार को हमेशा के लिए खत्म कर देंगे।

दोरा : *(उसकी तरफ़ आते हुए)* बैठो, स्तीफ़ान। तुम थक गए होगे, इतने लम्बे सफ़र के बाद।

स्तीफ़ान : मैं कभी नहीं थकता।

[ख़ामोशी। दोरा बैठ जाती है।]

स्तीफ़ान : सब कुछ तैयार है, बरिया?

आनिन्कोव : *(लहज़ा बदलते हुए)* पिछले एक महीने से हमारे दो आदमी प्रधान ड्यूक की गति-विधियों को परख रहे हैं। दोरा ने सब ज़रूरी ब्यौरा तैयार कर लिया है।

स्तीफ़ान : हमारी उद्घोषणा तैयार हो गई है?

आनिन्कोव : हाँ। समूचा रूस यह जान जाएगा कि प्रधान ड्यूक सार्ज की, क्रान्तिकारी समाजवादी पार्टी के जुझारू गुट द्वारा हत्या कर दी गई है ताकि रूसी जनता शीघ्र स्वतंत्र हो सके। शाही अदालत भी समझ जाएगा कि हमने अब आतंक फैलाने का दृढ़ निश्चय कर लिया है—जब तक कि देश जनता को वापस नहीं मिल जाता। हाँ, स्तीफ़ान हाँ, सब कुछ तैयार है! वह शुभ बड़ी अब पास आ रही है।

स्तीफ़ान : मुझे क्या करना है?

आनिन्कोव : शुरू में तुम दोरा की मदद करोगे। तुम श्वाईतजर की जगह ले रहे हो, जो उसके साथ काम करता था।

स्तीफ़ान : वह क्या मारा गया?

आनिन्कोव : हाँ!

स्तीफ़ान : कैसे?

दोरा : एक दुर्घटना में।

[स्तीफ़ान दोरा की ओर देख रहा है। दोरा आँखें फेर लेती है।]

स्तीफ़ान : फिर?

आनिन्कोव : फिर हम बाद में देखेंगे। ज़रूरत पड़ने पर तुम्हें हमारी जगह काम करने के लिए तैयार रहना चाहिए, और केन्द्रीय समिति के साथ सम्पर्क बनाए रखना चाहिए।

स्तीफ़ान : हमारे और साथी कौन हैं?

आनिन्कोव : तुम स्विट्ज़रलैंड में वइनोव से तो मिल चुके हो। उसकी युवावस्था के बावजूद मुझे उसमें विश्वास है। तुम यानेक को नहीं जानते?

स्तीफ़ान : यानेक?

आनिन्कोव : कलियायेव। हम उसे कवि भी कहते हैं।

स्तीफ़ान : ये आतंकवादियों जैसा नाम नहीं लगता।

आनिन्कोव : *(हँसते हुए)* यानेक इसके विपरीत सोचता है। वह कहता है, काव्य क्रान्तिकारी होता है।

स्तीफ़ान : सिर्फ़ एक बम ही क्रान्तिकारी है। *(क्षण-भर ख़ामोशी के बाद)* दोरा, मैं तुम्हारे काम आ पाऊँगा?

दोरा : हाँ। सिर्फ़ इतना ध्यान रखना कि कहीं वॉल्व न टूट जाए।

स्तीफ़ान : और मगर वह अपने आप टूट जाए तो?

दोरा : इसी तरह श्वाईतजर की मृत्यु हुई थी। *(कुछ रुककर)* तुम क्यों मुस्कुरा रहे हो स्तीफ़ान?

स्तीफ़ान : मैं मुस्कुरा रहा हूँ?

दोरा : हाँ।

स्तीफ़ान : कभी-कभी मैं ऐसे ही मुस्कुराता हूँ।

[कुछ समय के लिए ख़ामोशी। स्तीफ़ान कुछ सोचता हुआ प्रतीत होता है।]

दोरा, इस घर को उड़ा देने के लिए एक बम काफी होगा?

दोरा : सिर्फ़ एक नहीं। लेकिन उससे इसमें नुकसान काफी हो जाएगा।

स्तीफ़ान : मास्को को उड़ा देने के लिए कितने बमों की ज़रूरत पड़ेगी?

आनिन्कोव : तुम तो पागल हो। तुम कहना क्या चाहते हो?

स्तीफ़ान : कुछ भी नहीं।

[एक बार घंटी बजने की आवाज़ आती है। सब सुनते हैं, और इन्तज़ार करते हैं। दो बार घंटी बजती है। आनिन्कोव दालान

में जाता है और वइनोव को साथ लेकर लौटता है।]

वइनोव : स्तीफ़ान!

स्तीफ़ान : नमस्ते!

[वे हाथ मिलाते हैं। वइनोव दोरा के पास जाता है और उससे गले मिलता है।]

आनिन्कोव : सब कुछ ठीक है अलेक्स्यई?

वइनोव : हाँ।

आनिन्कोव : क्या तुमने राजमहल से रंगशाला तक की दूरी देख ली है?

वइनोव : अब मैं उसका चित्र यहाँ बना सकता हूँ। देखो। *(चित्र बनाकर)* ये मोड़, ये पतली गलियाँ, ये ट्रैफिक-जाम...हमारी खिड़की के नीचे से जाएगी गाड़ी।

आनिन्कोव : क्रूस के इन दो चिह्नों का क्या मतलब है?

वइनोव : एक छोटा-सा चौक, जहाँ घोड़ों को धीरे चलना पड़ेगा और दूसरा रंगशाला, जहाँ वे लोग रुक जाएँगे। मेरे खयाल में यह अच्छी जगह है।

आनिन्कोव : ठीक है!

स्तीफ़ान : पुलिस के भेदिये?

वइनोव : *(हिचकिचाते हुए)* वे बहुत हैं?

स्तीफ़ान : तुम्हें उनसे डर रहता है?

वइनोव : मैं बेफिक्र नहीं रह पाता।

आनिन्कोव : उनकी वज़ह से कोई भी बेफिक्र नहीं रह पाता। ज़्यादा परेशान मत होओ।

वइनोव : मैं तो किसी से भी नहीं डरता। बात सिर्फ़ ये है कि अभी मुझे झूठ बोलने की आदत नहीं पड़ी।

स्तीफ़ान : सारी दुनिया झूठ बोलती है। निपुणता से झूठ बोलना चाहिए, बस।

वइनोव : यह आसान नहीं है। जब मैं पढ़ता था तो मेरे साथी मेरा मज़ाक़ बनाया करते थे क्योंकि मुझे ढोंग रचाना नहीं आता था। मैं जो सोचता था, कह दिया करता था। आख़िर मैं विश्वविद्यालय से निकाल दिया गया।

स्तीफ़ान : क्यों?

वइनोव : इतिहास की क्लास में मेरे अध्यापक ने मुझसे पूछा—पीटर महान ने सेंट पीटर्सबर्ग की स्थापना कैसे की?

स्तीफ़ान : अच्छा सवाल है।

वइनोव : रक्तपात और चाबुक से, मैंने जवाब दिया था। मैं निकाल दिया गया!

स्तीफ़ान : उसके बाद?

वइनोव : मेरी समझ में आया कि अन्याय की भर्त्सना करना ही काफी नहीं होता। उसका सामना

करने के लिए अपनी जान गँवानी पड़ती है। अब मैं ख़ुश हूँ।

स्तीफ़ान : और फिर भी, तुम झूठ बोलते हो?

वइनोव : मैं झूठ बोलता हूँ। लेकिन जिस दिन मैं बम फेंकूँगा, झूठ नहीं बोलूँगा।

[घंटी बजती है। पहले दो बार फिर एक बार। दोरा तेज़ी से बाहर जाती है।]

आनिन्कोव : ये यानेक है।

स्तीफ़ान : लेकिन ये संकेत वो नहीं है।

आनिन्कोव : यानेक अपनी मर्जी से इसे बदल देता है। उसका अपना व्यक्तिगत संकेत है।

[स्तीफ़ान कन्धे उचकाता है। दोरा के उपकक्ष में से बातें करने की आवाज़ आ रही है। दोरा और कलियायेव हाथों-में-हाथ डाले अन्दर आते हैं। कलियायेव हँस रहा है।]

दोरा : यानेक। ये स्तीफ़ान है जो श्वाईतजर की जगह ले रहा है।

कलियायेव : तुम्हारा स्वागत है, भाई!

स्तीफ़ान : धन्यवाद!

[दोरा और कलियायेव अन्य साथियों की ओर मुँह करके बैठ जाते हैं।]

आनिन्कोव : यानेक, तुम्हें विश्वास है कि तुम कलैश-गाड़ी पहचान लोगे?

कलि : हाँ, मैंने उसे दो बार अच्छी तरह से देख रखा है। उसे क्षितिज पर दिखने तो दो, मैं हज़ारों में से पहचान लूँगा। मैंने सब बारीकियाँ लिख रखी हैं। उदाहरण के तौर पर, बाएँ हाथ की बत्ती का एक काँच खिरा हुआ है।

वइनोव : और पुलिस के भेदिये?

कलियायेव : बादलों की तरह घिरे रहते हैं। लेकिन हम पुराने दोस्त हैं। वे मुझसे सिगरेट खरीदते हैं।

आनिन्कोव : क्या पावेल ने हमारी ख़बर की पुष्टि कर दी?

कलियायेव : प्रधान ड्यूक इस सप्ताह रंगशाला आएगा। एक क्षण में, पावेल को निश्चित दिन के बारे में पता लगेगा और वह दरबान के पास एक सन्देश छोड़ देगा। *(दोरा की ओर देखकर हँसते हुए)*

किस्मत हमारे साथ है, दोरा।

दोरा : *(कलियायेव को देखते हुए)* अब तुम फेरीवाले नहीं रहे? इस समय तो बड़े साहब लग रहे हो। कितने सुन्दर हो तुम। तुम्हें अपने तूलूप[1] की याद तो नहीं आती?

---

1. जाड़े के भारी कोट के लिए रूसी नाम। यह भेड़ की खाल का बनता है, जिसे रूसी ग्रामीण पहनते हैं।

कलियायेव : *(हँसते हुए)* यह सच है, उसका मुझे बड़ा अभिमान था। *(स्तीफ़ान और आनिन्कोव से)* मैंने दो महीने फेरीवालों को ध्यान से देखा, फिर एक महीने अपने छोटे-से कमरे में अभ्यास किया। मेरे साथियों को ज़रा भी शक नहीं हुआ। 'एक माना हुआ हँसोड़', वे कहा करते थे, 'ये तो सम्राट के घोड़े भी बेच देगा।' और वे बारी-बारी मेरी नकल करने की कोशिश करते थे।

दोरा : स्वाभाविक है, तुम हँसा करते होगे।

कलियायेव : तुम अच्छी तरह जानती हो कि मैं अपने-आपको रोक नहीं सकता। ये भेस बदलना, ये नई ज़िन्दगी...मुझे सबमें मजा आता था।

दोरा : भेस बदलना मुझे बिलकुल पसन्द नहीं है। *(अपने कपड़े दिखाते हुए)* और फिर ये बहुमूल्य कपड़े। बरिया ने मुझे बदला हुआ पाया होगा। एक बहुरूपनी! मेरा दिल बहुत सरल है।

कलियायेव : *(हँसता है)* तुम इतनी मोहक लग रही हो इन कपड़ों में।

दोरा : मोहक! मुझे ख़ुशी होगी ऐसी दिख के। लेकिन इस बारे में सोचना भी नहीं चाहिए।

कलियायेव : क्यों? तुम्हारी आँखें हमेशा उदास होती हैं, दोरा? तुम्हें शोख होना चाहिए, स्वाभिमानी

होना चाहिए। दुनिया में सौन्दर्य है, हर्ष है! 'उन ख़ामोश मुकामों में जहाँ मेरे दिल ने तुम्हें याद किया...'

दोरा : *(हँसते हुए)* '...मैंने एक अनन्त गर्म साँस ली...'

कलियायेव : ओह! दोरा, तुम्हें यह कविता याद है। तुम मुस्कुरा रही हो? मैं कितना ख़ुश हूँ...

स्तीफ़ान : *(उसकी बात काटते हुए)* हम अपना समय बरबाद कर रहे हैं। बरिया, मैं समझता हूँ दरबान को चौकन्ना कर दें?

[कलियायेव उसकी ओर आश्चर्य से देखता है।]

आनिन्कोव : हाँ। दोरा, तुम नीचे जाओगी? बख्शीश मत भूलना। बाद में वइनोव कमरे में सामान लाने में तुम्हारी मदद करेगा।

[दोनों विपरीत दिशाओं से बाहर चले जाते हैं। स्तीफ़ान दृढ़ कदमों से आनिन्कोव की ओर आता है।]

स्तीफ़ान : मैं बम फेंकना चाहता हूँ।

आनिन्कोव : नहीं, स्तीफ़ान। बम फेंकनेवाले तो पहले ही नियुक्त हो गए हैं।

स्तीफ़ान : फेंकने दो ना मुझे। तुम जानते हो मेरे लिए इसका क्या महत्व है।

आनिन्कोव : नहीं। नियम तो नियम है।

[कुछ देर चुप रहकर]

मैं बम नहीं फेंक रहा, मैं भी यहाँ ठहरकर इन्तज़ार करूँगा। नियम सख्त होता है।

स्तीफ़ान : पहला बम कौन फेंक रहा है?

कलियायेव : मैं। वइनोव दूसरा फेंकेगा।

स्तीफ़ान : तुम?

कलियायेव : इससे तुम्हें आश्चर्य हो रहा है? इसका मतलब, तुम्हें मुझ पर विश्वास नहीं है!

स्तीफ़ान : कुछ अनुभव तो होना चाहिए।

कलियायेव : अनुभव? तुम अच्छी तरह जानते हो कि हरेक ने हमेशा एक ही बार बम फेंका है और फिर...किसी ने भी कभी दो बार नहीं फेंका।

स्तीफ़ान : इसके लिए एक मजबूत हाथ की ज़रूरत होती है।

कलियायेव : *(अपना हाथ दिखाते हुए)* देखो! तुम सोचते हो यह काँप जाएगा?

[स्तीफ़ान मुँह फेर लेता है।]

यह नहीं काँपेगा। क्या कहते हो! मेरे सामने अत्याचारी होगा, और मैं हिचकिचाऊँगा? तुम यह कैसे सोच सकते हो? और अगर

मेरी बाँह काँप भी गई तो मुझे एक तरीका आता है—एक ही बार में प्रधान ड्यूक को मारने का।

आनिन्कोव : कौन-सा तरीका?

कलियायेव : घोड़ों के पैरों में गिरकर।

[स्तीफ़ान कन्धे उचकाता है और मंच पर पीछे जाकर बैठ जाता है।]

आनिन्कोव : नहीं, यह ज़रूरी नहीं है। तुम्हारे लिए भाग निकलना ज़रूरी है। संगठन को तुम्हारी ज़रूरत है, तुम्हें अपने-आपको बचाना चाहिए।

कलियायेव : मैं ऐसा ही करूँगा, बरिया! इतना सम्मान, इतना सम्मान मेरे लिए! मैं अपने-आपको इसके योग्य साबित करूँगा।

आनिन्कोव : स्तीफ़ान, तुम गली में होगे, जबकि यानेक और अलेक्स्यई कलेश-गाड़ी की घात में बैठेंगे। तुम हमारी खिड़कियों के सामने नियमित रूप से चहलकदमी करते रहोगे, और हम कोई संकेत तय कर लेंगे। दोरा और मैं यहाँ उद्घोषणा के समय का इन्तज़ार करेंगे। अगर भाग्य थोड़ा-सा भी हमारे साथ हुआ तो प्रधान ड्यूक खतम हो जाएगा।

कलियायेव : *(उत्साह में)* हाँ, मैं उसे खत्म करूँगा। कितनी प्रतिष्ठा की बात होगी अगर मुझे सफलता

मिली! प्रधान ड्यूक...यह तो कुछ भी नहीं है। हमें और ऊपर प्रहार करना चाहिए!

आनिन्कोव : सबसे पहले प्रधान ड्यूक।

कलियायेव : और अगर कहीं हम असफल रहे, बरिया? समझ रहे हो तुम, तो जापानियों का अनुसरण करना उचित होगा।

आनिन्कोव : क्या मतलब है तुम्हारा?

कलियायेव : लड़ाई के समय जापानियों ने कभी आत्मसमर्पण नहीं किया। आत्महत्या की।

आनिन्कोव : नहीं। मत सोचो, आत्महत्या के बारे में।

कलियायेव : तो फिर किस बारे में सोचें?

आनिन्कोव : आतंक के बारे में, फिर से।

स्तीफ़ान : *(मंच की गहराई से बोलते हुए)* आत्महत्या के लिए अपने-आपको बहुत चाहना ज़रूरी होता है। एक सच्चा क्रान्तिकारी स्वयं को प्यार नहीं कर पाता।

कलियायेव : *(तेज़ी से उसकी ओर घूमते हुए)* एक सच्चा क्रान्तिकारी? तुम मेरे साथ ऐसा व्यवहार क्यों कर रहे हो? मैंने तुम्हारा क्या बिगाड़ा है?

स्तीफ़ान : मुझे वे लोग पसन्द नहीं जो क्रान्ति में इसलिए कूदे हों, क्योंकि वे ऊबे हुए थे।

आनिन्कोव : स्तीफ़ान!

स्तीफ़ान : *(उठते हुए और उनकी ओर आते हुए)* हाँ, मैं कट्टर हूँ। लेकिन मेरे लिए घृणा कोई खेल

नहीं है। हम लोग यहाँ एक-दूसरे की तारीफ करने के लिए नहीं हैं, सफलता हासिल करने के लिए हैं।

कलियायेव : *(बहुत नरमाई से)* तुम मुझ पर क्यों गुस्सा निकाल रहे हो? यह तुमसे किसने कहा कि मेरा जी नहीं लगता?

स्तीफ़ान : मैं नहीं जानता। तुम संकेत बदल देते हो, तुम्हें फेरीवाले का रोल करना अच्छा लगता है, तुम कविता बोलते हो, तुम अपने-आपको घोड़ों के पैरों में डालना चाहते हो, और अब, आत्महत्या... *(उसे गौर से देखते हुए)* मुझे तुम पर विश्वास नहीं है।

कलियायेव : *(ज़ोर से)* तुम मुझे जानते नहीं हो, भाई! मुझे जीवन से प्यार है। मेरा मन उकताया हुआ नहीं है। मैं क्रान्ति में इसलिए आया हूँ, क्योंकि मुझे जीवन से प्यार है।

स्तीफ़ान : मुझे जीवन से कोई प्यार नहीं है, बल्कि न्याय से है, जो कि जीवन से ऊँचा होता है।

कलियायेव : मुश्किल से अपने-आपको नियंत्रण में रखते हुए हरेक व्यक्ति न्याय की उपासना करता है, जैसे भी कर पाता है। यह मानना ज़रूरी है कि हम विषम होते हैं। हमारे लिए एक-दूसरे को प्यार करना आवश्यक है, अगर हम कर सकें।

स्तीफ़ान : हम यह नहीं कर सकते।

कलियायेव : *(चिल्लाकर)* तो तुम हमारे बीच क्या कर रहे हो?

स्तीफ़ान : मैं यहाँ एक आदमी को मारने आया हूँ, उसे प्यार करने के लिए नहीं, न ही उसकी विषमता का अभिवादन करने के लिए आया हूँ।

कलियायेव : *(उत्तेजित होकर)* तुम उसे अकेले तो नहीं मारोगे, न बिना किसी नाम के। तुम उसे हमारे साथ मिलकर मारोगे और रूसी जनता के नाम पर। ये है तुम्हारा समर्थन।

स्तीफ़ान : *(उसी लहजे में)* मुझे उसकी ज़रूरत नहीं है। तीन साल हुए, मुझे एक रात जेल में समर्थन मिल गया था, हमेशा के लिए। और मैं नहीं सह सकता...

आनिन्कोव : बस! तुम पागल हो गए हो? तुम्हें याद है हम लोग कौन हैं? भाई, एक-दूसरे को भूलकर हम एक हुए हैं अत्याचारियों को मारने के लिए, अपने देश को स्वतंत्र करने के लिए! हम मिलकर ही मारेंगे, और हमें कोई ताकत अलग नहीं कर सकती। *(ख़ामोशी से दोनों को देखते हुए)* आओ स्तीफ़ान, हमें संकेत निर्धारित करने हैं...

[स्तीफान चला जाता है।]

(कलियायेव से) बुरा मत मानना। स्तीफ़ान ने बहुत कष्ट उठाया है। मैं उससे बात करूँगा।

कलियायेव : *(उतरे चेहरे से)* उसने मेरा अपमान किया है, बरिया!

[दोरा आती है।]

दोरा : *(कलियायेव को देखकर)* क्या बात है?

आनिन्कोव : कुछ नहीं।

[चला जाता है।]

दोरा : *(कलियायेव से)* क्या बात है?

कलियायेव : हम लोगों में झगड़ा हो गया, अभी से। वह मुझे नहीं चाहता।

[दोरा थोड़ा हटकर बैठ जाती है, चुपचाप। कुछ और समय, ऐसे ही—]

दोरा : मेरा खयाल है वह किसी को भी नहीं चाहता। जब सब खत्म हो जाएगा, वह बहुत ख़ुश होगा। उदास मत होओ।

कलियायेव : मैं उदास हूँ। मुझे तुम सबके प्यार की ज़रूरत है। मैंने इस संगठन के लिए सब कुछ छोड़ दिया। यह मैं कैसे बर्दाश्त करूँ कि मेरे भाई मुझसे मुँह मोड़ रहे हैं? कभी-कभी मुझे ऐसा लगता है कि वे मुझे समझ नहीं पा रहे। यह कोई मेरी ग़लती है? मैं अनाड़ी हूँ, ये मुझे मालूम है...

दोरा : वे सब तुम्हें चाहते हैं, और मैं तुम्हें अच्छी तरह समझती हूँ। स्तीफ़ान कुछ भिन्न है।

कलियायेव : नहीं। मैं जानता हूँ वह क्या सोच रहा है। श्वाईतज़र पहले कह ही चुका है : 'क्रान्तिकारी बनने के लिए बहुत असाधारण।' मैं उन्हें समझाना चाहता हूँ कि मैं असाधारण नहीं हूँ। वे लोग मुझे कुछ दीवाना समझते हैं, बहुत स्वेच्छाचारी समझते हैं। हालाँकि मैं भी उनकी तरह एक सिद्धान्त में विश्वास करता हूँ। उनकी तरह, मैं भी अपने-आपको बलि चढ़ा सकता हूँ। मैं भी चालाक, चुप, गोपनीय और कुशल हो सकता हूँ। सिर्फ़ ज़िन्दगी मुझे अब भी अद्‌भुत लगती है। मैं सुन्दरता पसन्द करता हूँ। ख़ुशी! यही कारण है कि मैं निरंकुशता से नफ़रत करता हूँ। उन्हें कैसे समझाऊँ? इन्कलाब, निस्सन्देह! लेकिन जीवन के लिए भी तो क्रान्ति चाहिए, जीवन को एक मौका देने के लिए, समझीं तुम?

दोरा : *(सजीवता से)* हाँ...*(कुछ देर बाद, धीरे-से)* और फिर, हम तो मौत देने जा रहे हैं।

कलियायेव : कौन, हम? आह, तुम्हारा मतलब है...यह बात नहीं है। बिलकुल नहीं, यह बात नहीं है। और फिर, हम उसकी जान ले रहे हैं एक ऐसी दुनिया बनाने के लिए जहाँ कभी कोई

किसी की जान नहीं लेगा! हमने अपराधी बनना स्वीकार किया है, ताकि धरती अन्त में निर्दोषों से परिपूर्ण हो।

दोरा : और अगर ऐसा नहीं हुआ?

कलियायेव : चुप रहो, तुम अच्छी तरह जानती हो कि यह असम्भव है। वरना तब तो स्तीफ़ान सही साबित होगा और सुन्दरता के मुँह पर थूकना पड़ेगा।

दोरा : मैं इस संगठन में तुमसे पुरानी हूँ। मुझे मालूम है कि कुछ भी इतना सहज नहीं है। लेकिन तुम्हें विश्वास है...हम सभी को विश्वास की ज़रूरत है।

कलियायेव : विश्वास? नहीं। एक ही आदमी को था विश्वास।

दोरा : तुममें आत्मबल है। और तुम अपनी लक्ष्य-प्राप्ति के लिए सब कुछ हटा दोगे अपने रास्ते से। तुमने पहला बम फेंकने के लिए क्यों पूछा?

कलियायेव : क्या हम बिना आतंकवादी हुए आतंकवादी कार्यवाही के बारे में बात कर सकते हैं?

दोरा : नहीं।

कलियायेव : हमेशा सबसे आगे रहना चाहिए।

दोरा : *(सोचते हुए)* हाँ। एक तो सबसे पहली कतार होती है और एक आख़िरी घड़ी। इस बारे में हमें

सोचना चाहिए। यहाँ हिम्मत होती है, उत्साह होता है, जिनकी हमें बहुत ज़रूरत है...जिनकी तुम्हें ज़रूरत है।

कलियायेव : एक साल से मैंने और किसी विषय में नहीं सोचा है। इसी घड़ी के लिए मैं अब तक जिया हूँ। और अब मैं यह जानता हूँ कि मैं ठीक वहीं खत्म होना चाहता हूँ, प्रधान ड्यूक के बराबर। अपने लहू की आख़िरी बूँद तक बहा दूँगा, या फिर विस्फोटित आग की एक ही लपट में जल जाऊँगा, पीछे कुछ नहीं बचेगा। समझीं तुम, क्यों मैंने पहला बम फेंकने के लिए कहा था? सिद्धान्त के लिए मरना ही तो एक तरीका है सिद्धान्त की ऊँचाई पर रहने का। यह है प्रामाणिकता।

दोरा : मैं भी ऐसी ही मौत चाहती हूँ।

कलियायेव : हाँ, यह वो ख़ुशकिस्मती है जिससे हम ईर्ष्या कर सकते हैं। रात को प्राय: मैं अपने फेरीवाले के सस्ते-से गद्दे पर करवटें बदलता हूँ। एक विचार मुझे तंग करता है : इन लोगों ने हमें हत्यारे बना दिया। लेकिन उसी समय सोचता हूँ कि मैं भी तो साथ ही मर जाऊँगा और तब दिल को बड़ी राहत मिलती है। मैं मुस्कुराने लगता हूँ, समझ रही हो मुझे, और मैं एक बच्चे की तरह फिर से सो जाता हूँ।

दोरा : यही अच्छा है यानेक। मारो और मरो। लेकिन मेरे खयाल से एक और भी बड़ा सौभाग्य है।...

[कुछ ख़ामोशी। कलियायेव उसकी तरफ़ देखता है। वह आँखें झुका लेती है।]

फाँसी का तख़्ता।

कलियायेव : *(व्यग्रता से)* मैंने उसके बारे में सोचा है। आक्रमण के समय मरने से कुछ अधूरापन लगता है। इसके विपरीत, आक्रमण और फाँसी के तख़्ते के बीच एक अनन्त सनातनता है, मानव के लिए शायद एकमात्र।

दोरा : *(कलियायेव के हाथ पकड़ते हुए अत्यन्त उग्र आवाज़ में)* इसी तरह सोचने से तुम्हें हिम्मत मिलेगी। हम जितना ले रहे हैं, उससे कहीं बड़ी कीमत दे रहे हैं।

कलियायेव : क्या मतलब है तुम्हारा?

दोरा : हम मारने के लिए बाध्य हैं, ठीक है ना? हम जान-बूझकर एक जान की बलि चढ़ाते हैं, एक अकेली जान की?

कलियायेव : हाँ।

दोरा : लेकिन पहले आक्रमण करें और फिर फाँसी चढ़ें, ये अपनी जान को दो बार कुर्बान करना हुआ। हम ली हुई कीमत से बड़ी कीमत दे रहे हैं।

कलियायेव : हाँ, यह दो बार मरना हुआ। धन्यवाद, दोरा! किसी भी बात के लिए हमसे कोई कुछ नहीं कह सकता। अब मुझे अपने-आप पर पूरा विश्वास है। *(कुछ देर चुप रहकर)* क्या बात है दोरा, तुम कुछ बोल नहीं रहीं?

दोरा : मैं तुम्हारी और भी मदद करना चाहती हूँ। सिर्फ़...

कलियायेव : सिर्फ़?

दोरा : नहीं, मैं यों ही कह रही थी।

कलियायेव : तुम्हें मुझ पर विश्वास नहीं है?

दोरा : अरे नहीं, यह बात नहीं। मुझे अपने-आप पर विश्वास नहीं है। श्वाईतजर की मौत के बाद से कभी-कभी मेरे दिमाग में बड़े अजीब खयाल आते हैं। और फिर तुम्हें यह बताना कि क्या मुश्किल होगा, मेरा काम नहीं है।

कलियायेव : मुझे मुश्किलें अच्छी लगती हैं। तुम अगर मुझे किसी काबिल समझती हो तो बोलो।

दोरा : *(उसे देखते हुए)* मैं जानती हूँ, तुम निर्भीक हो। इसी कारण तो मुझे इतनी फिकर है। तुम हँसते रहते हो, उत्साह से उन्मत रहते हो, कुर्बानी की ओर ख़ुद बढ़ते हो—सरगरमी से भरे हुए। लेकिन कुछ ही घंटों में इस सपने से निकलना पड़ेगा, कुछ करना पड़ेगा। इस बारे में पहले से बात करना शायद बेहतर

हो...किसी तरह के आश्चर्य या हिम्मत छूट जाने से बचने के लिए...

कलियायेव : मेरी हिम्मत नहीं टूटेगी। बताओ तुम क्या सोच रही हो।

दोरा : अच्छा सुनो। आक्रमण, फाँसी का तख़्ता, दो बार मौत के मुँह में घुसना, यह तो बहुत आसान है। तुम्हारा दिल सह लेगा। लेकिन, पहली पंक्ति...

[चुप हो जाती है, उसकी तरफ़ देखती है और झिझकती-सी दिखती है।]

...पहली पंक्ति में से तुम उसे एकदम सामने देखोगे...

कलियायेव : किसे?

दोरा : प्रधान ड्यूक को।

कलियायेव : मुश्किल से एक सेकंड।

दोरा : उस एक सेकंड में जब तुम उसे देख रहे होगे! ओह! यानेक, तुम्हारा ये जानना बहुत ज़रूरी है, तुम्हें सावधान करना बहुत ज़रूरी है। एक इनसान आख़िर इन्सान ही है। प्रधान ड्यूक की आँखें, क्या पता बहुत करुणामयी हों। तुम उन्हें देखोगे कान खुजाते हुए या ख़ुशी से मुस्कुराते हुए। कौन जानता है, रेज़र से उनका गाल कुछ कट गया हो।

और अगर इस समय उन्होंने तुम्हारी तरफ़ देख लिया...

कलियायेव : मैं उन्हें नहीं मार रहा, मैं तो निरंकुशता को मार रहा हूँ।

दोरा : बेशक, बेशक। निरंकुशता को मारना बहुत ज़रूरी है। मैं बम तैयार कर दूँगी और फ्यूज़ लगाते समय, तुम जानते हो उस सबसे मुश्किल समय में, जब उत्तेजना से नसें तनी हुई होती हैं, मेरा दिल एक अजीब-से आनन्द से भर जाता है। लेकिन मैं प्रधान ड्यूक को नहीं जानती और अगर इस पूरे समय, वे मेरे पास बैठे होते तो मेरे लिए वह काम करना इतना आसान नहीं होता। तुम तो उन्हें पास से देखोगे। बहुत पास से...

कलियायेव : *(गुस्से में)* मैं उन्हें नहीं देखूँगा।

दोरा : कैसे? क्या तुम आँखें बन्द कर लोगे?

कलियायेव : नहीं। लेकिन भगवान की कृपा से, नफ़रत, ठीक समय पर मुझमें भर जाएगी और मुझे अन्धा कर देगी।

[घंटी बजती है। एक बार। वे सब एकदम स्थिर हो जाते हैं। स्तीफ़ान और वइनोव अन्दर आते हैं। पास के कमरे से आवाज़ें आती हैं। आनिन्कोव अन्दर आता है।]

आनिन्कोव : दरबान आया है। प्रधान ड्यूक कल रंगशाला जाएँगे। *(सबकी ओर देखते हुए)* सब कुछ तैयार हो जाना चाहिए, दोरा।

दोरा : *(बहुत धीरे-से)* जी।

[धीरे-धीरे बाहर चली जाती है।]

कलियायेव : दोरा को बाहर जाते देखते हुए और फिर स्तीफ़ान की ओर मुड़कर बड़ी मधुर आवाज़ में मैं उसे खत्म करूँगा...बड़ी ख़ुशी से।

[परदा।]

अंक : दो

[अगले दिन की शाम। वही स्थान। आनिन्कोव खिड़की के पास खड़ा है। दोरा मेज के पास है।]

आनिन्कोव : वे अपनी जगह आ गए हैं। स्तीफ़ान ने अपनी सिगरेट जलाई है।

दोरा : प्रधान ड्यूक यहाँ से किस समय गुजरनेवाले हैं?

आनिन्कोव : किसी भी क्षण। सुनो। ये कलैश-गाड़ी की आवाज़ नहीं है? नहीं।

दोरा : बैठ जाओ। धीरज रखो।

आनिन्कोव : और वे बम?

दोरा : बैठ जाओ। इससे ज़्यादा हम कुछ नहीं कर सकते।

आनिन्कोव : कर सकते हैं। उनसे ईर्ष्या कर सकते हैं।

दोरा : तुम्हारी जगह यहाँ है। तुम यहाँ प्रधान निर्देशक हो।

आनिन्कोव : मैं तो निर्देशक हूँ। परन्तु यानेक मुझसे ज़्यादा योग्य है और शायद वह...

दोरा : खतरा सभी के लिए बराबर है। उसके लिए जो बम फेंकेगा और उसके जो नहीं फेंकेगा।

आनिन्कोव : खतरा आख़िर में एक-सा है। लेकिन इस समय, यानेक और अलेक्स्यई गोलाबारी कर रहे हैं। मैं जानता हूँ कि मैं उनके साथ नहीं हो सकता। फिर भी, कभी-कभी मैं डरता हूँ, बहुत आसानी से अपना पार्ट अदा करने को तैयार हो जाने के लिए। आख़िरकार ये तो बहुत सुविधाजनक है कि कोई आपको बम न फेंकने के लिए मजबूर करे।

दोरा : है भी तो क्या हुआ? खास बात यह है कि तुम अपना काम आख़िर तक ध्यान से करो।

आनिन्कोव : तुम कितने इत्मीनान से बात कर रही हो।

दोरा : इत्मीनान से नहीं; मुझे डर लग रहा है। मैं तीन साल से तुम्हारे साथ हूँ, दो साल से बम बना रही हूँ। मैंने सब काम पूरा कर लिया और मेरे खयाल से मैंने कोई भूल नहीं की।

आनिन्कोव : सचमुच, दोरा!

दोरा : और इन तीनों साल मैं डरती रही हूँ। एक ऐसा डर जो नींद में भी मुश्किल से छूटता है, और जो सुबह फिर लगने लगता है। फिर यह ज़रूरी हो गया कि मैं इसकी आदी हो जाऊँ। गहन भय के समय मैंने बहुत शान्त

होना सीख लिया। इसमें कोई अभिमान की बात नहीं है।

आनिन्कोव : अभिमान की बात है। मैं किसी भी क्षेत्र में माहिर नहीं हूँ। तुम्हें मालूम है, मैं वे बीते दिन कितने याद करता हूँ, तड़क-भड़कवाली वो ज़िन्दगी, औरतें... हाँ, मुझे औरतें बहुत पसन्द हैं, शराब और कभी खत्म न होनेवाली वे रातें।

दोरा : मुझे यही शक था, बरिया। इसीलिए मैं तुम्हें इतना चाहती हूँ। तुम्हारा दिल अभी ज़िन्दा है। चाहे वह अब भी भोग-विलास चाहता है, पर इस भयंकर नीरवता से, जो कभी-कभी चीख़ का भी दम घोट देती है, कहीं ज़्यादा अच्छा है।

आनिन्कोव : यह क्या कह रही हो तुम? यह सम्भव नहीं है?

दोरा : सुनो।

[अचानक दोरा उठ खड़ी होती है। कलैश-गाड़ी की आवाज़ सुनाई देती है और फिर वही सन्नाटा।]

नहीं। ये वो नहीं है। मेरा दिल धड़क रहा है। देखा तुमने, मैंने अभी तक भी कुछ नहीं सीखा।

आनिन्कोव : *(खिड़की की ओर जाते हुए)* वो देखो, स्तीफ़ान कोई संकेत दे रहा है। वह आ गया।

[दूर से कलैश-गाड़ी के चलने की आवाज़ आती है जो निरन्तर पास आती जा रही है। अब वह खिड़कियों के नीचे से गुजरी है और फिर धीरे-धीरे दूर होती गई। देर तक सब एकदम चुपचाप।]

कुछ ही क्षणों में...

[वे सब कान लगाते हैं।]

कितनी देर लग रही है।

[दोरा बहुत विचलित दिख रही है। दीर्घ ख़ामोशी। फिर दूर से गिरजाघर की घंटियों के बजने की आवाज़ आती है।]

ये कैसे हो सकता है। यानेक ने बम फेंक दिया होगा...कलैश-गाड़ी रंगशाला में पहुँच गई होगी। और अलेक्स्यई? देखो! स्तीफ़ान उलटे पैरों रंगशाला की तरफ़ भाग रहा है।

दोरा : *(उसके ऊपर गिरते हुए)* यानेक गिरफ़्तार हो गया है। वह ज़रूर गिरफ़्तार हो गया है—ये पक्की बात है। हमें कुछ करना चाहिए।

आनिन्कोव : रुको। *(ध्यान से सुनता है)* नहीं। सब खत्म हो गया।

दोरा : ये कैसे हुआ? यानेक, बिना कुछ किए ही गिरफ़्तार हो गया! वह तो हर बात के लिए तैयार था, मुझे मालूम है। वह जेल जाना चाहता था, मुकदमा लड़ना चाहता था। लेकिन प्रधान ड्यूक को मारने के बाद! इस तरह नहीं, नहीं ऐसे कदापि नहीं!

आनिन्कोव : *(बाहर देखते हुए)* वइनोव, जल्दी करो!

[दोरा जल्दी से दरवाज़ा खोलती है, चेहरा उतरा हुआ है।]

अलेक्स्यई, जल्दी बताओ।

वइनोव : मैं कुछ नहीं जानता। मैं पहले बम का इन्तज़ार कर रहा था। मैंने मोड़ पर गाड़ी को घूमते देखा था और फिर कुछ हुआ ही नहीं। मुझे कुछ समझ में नहीं आया। मैंने सोचा कि शायद आख़िरी समय में तुमने कुछ रद्दो-बदल कर दिया हो, मैं दुविधा में पड़ गया और फिर यहाँ तक भागता आया...

आनिन्कोव : और यानेक?

वइनोव : मैंने तो उसे देखा ही नहीं।

दोरा : वह गिरफ़्तार हो गया।

आनिन्कोव : अब भी बाहर देखते हुए

वो आ गया!

[सब एकदम चुप हैं। कलियायेव अन्दर आता है, चेहरा आँसुओं से भीग रहा है।]

कलियायेव : *(घबराया हुआ)* भाइयो, मुझे माफ करो। मैं बम नहीं फेंक सका।

[दोरा उसके पास जाकर उसका हाथ पकड़ लेती है।]

दोरा : कोई बात नहीं।

कलियायेव : हुआ क्या?

दोरा : *(कलियायेव से)* कोई बात नहीं। कभी-कभी आख़िरी मौके पर हिम्मत टूट जाती है।

आनिन्कोव : लेकिन ये कैसे हो सकता है?

दोरा : छोड़ो अब उसे। तुम ही अकेले नहीं हो, यानेक। श्वाईतजर, भी पहली बार नहीं फेंक सका था।

आनिन्कोव : यानेक, तुम डर गए?

कलियायेव : *(चौंककर)* डर, नहीं। डरने का हक हममें से किसी को नहीं है!

[पहले से तय किए हुए तरीके से किसी ने दरवाज़ा खटखटाया। आनिन्कोव के संकेत देने पर वइनोव बाहर चला जाता

है। कलियायेव बहुत खिन्न है। ख़ामोशी। स्तीफ़ान अन्दर आता है।]

आनिन्कोव : अब?

स्तीफ़ान : प्रधान ड्यूक की कलैश-गाड़ी में बच्चे थे।

आनिन्कोव : बच्चे?

स्तीफ़ान : हाँ। प्रधान ड्यूक का भतीजा और भतीजी।

आनिन्कोव : औरलोव की ख़बर के मुताबिक प्रधान ड्यूक को अकेला होना चाहिए था।

स्तीफ़ान : प्रधान डचैस भी थीं। मेरे खयाल से ये सब मिलकर हमारे कवि के लिए बहुत ज़्यादा हो गए। सौभाग्य से पुलिस के जासूसों ने कुछ नहीं देखा।

[आनित्कोव बहुत धीमी आवाज़ में स्तीफ़ान से बात कर रहा है। सब कलियायेव की ओर देख रहे हैं, जो कि स्तीफ़ान पर नज़र गड़ाए हुए हैं।]

कलियायेव : *(हक्का-बक्का)* मैंने अन्दाज़ा भी नहीं लगाया था...बच्चे, सिर्फ़ बच्चे। तुमने कभी बच्चे देखे हैं? वो पीड़ा-भरी निगाह जिससे वे कभी-कभी देखते हैं...मुझसे ये निगाह कभी नहीं देखी जाती...जबकि एक क्षण पहले, उस छोटे चौक के कोने में, छाया में, मैं बहुत ख़ुश था। जब कलैश-गाड़ी की लालटेन दूर से चमकने लगी,

मेरा दिल ख़ुशी से धड़कने लगा, सच कहता हूँ। जैसे-जैसे गाड़ी के चलने की आवाज़ बढ़ती जा रही थी, वो और ज़ोर-ज़ोर से धड़क रहा था। मैं इस धड़कन को सुन सकता था, उछल पड़ना चाहता था। शायद मैं हँस पड़ा था। और मैं कह रहा था—हाँ, हाँ...तुम समझ रहे हो?

[उसने स्तीफ़ान पर से अपनी निगाह हटा ली और अपनी उदासी में डूब गया।]

मैं उसकी तरफ़ भागा। इस समय मैंने बच्चों को देखा। वे हँस नहीं रहे थे। वे एकदम सूखे, अकड़े हुए बैठे थे, और शून्य में देख रहे थे। कितने उदास दिख रहे थे वे! अपने परेड के कपड़ों में लिपटे हुए, हाथ जाँघों पर, दरवाज़े में से एकदम सीधे हर तरफ़ से दिख रहे थे। मैं प्रधान डचैस को नहीं देख पाया। मुझे बच्चों के अलावा और कुछ दिख ही नहीं रहा था। अगर वे मेरी ओर देख लेते तो मैं ज़रूर बम फेंक देता। और कुछ नहीं तो उस भयभीत दृष्टि को ही लुप्त करने के लिए। लेकिन वे लगातार आगे ही निगाह जमाए रहे।

[उसने अन्य साथियों की ओर आँख उठाकर देखा। कुछ देर के लिए सब चुप। और भी नीचे स्वर में...]

मैं नहीं जानता फिर क्या हुआ। मेरी बाँह में जान नहीं रही। मेरी टाँगें काँप रही थीं और एक सेकंड बाद मौका हाथ से निकल चुका था।

[ख़ामोशी। वह नीचे देखने लगा।]

दोरा, क्या मैंने सपना देखा था, मुझे लगा था कि उस समय गिरजे की घंटियाँ बज रही थीं?

दोरा : नहीं, यानेक, तुमने सपना नहीं देखा था।

[दोरा ने अपना हाथ उसकी बाँह पर रखा। कलियायेव ने सिर उठाया, सबकी निगाहें उसी पर गढ़ी थीं। वह उठ खड़ा हुआ।]

कलियायेव : मेरी तरफ़ देखो भाइयो, मेरी तरफ़ देखो बरिया, मैं कायर नहीं हूँ, मैं पीछे नहीं हटा। मुझे उनकी उम्मीद नहीं थी। सब कुछ बड़ी जल्दी में हो गया। वे नन्हे-से दो आतंकित चेहरे और मेरे हाथ में ये भयानक वजन। उन्हीं के ऊपर तो यह बम फेंकना था। ऐसे। एकदम सीधा। ओह! मैं फेंक नहीं सका। *(अपनी निगाहें एक से दूसरे पर घुमाते हुए)* पहले, अपने यहाँ यूक्रेन में, जब मैं गाड़ी चलाता था, तो हवा से बातें करता था, मुझे किसी बात का डर नहीं था। दुनिया में किसी बात से नहीं डरता था, सिवाय

किसी बच्चे को गिरा देने के। मैं इसी आशंका की कल्पना करता रहता, वह नाज़ुक-सा सिर अचानक ज़मीन पर पटकी खाता हुआ... *(चुप हो जाता है)* मेरी मदद करो... *(ख़ामोशी)* मैं अपनी जान लेना चाहता था। मैं वापस आ गया हूँ क्योंकि मैंने सोचा, मुझे आप लोगों को जवाब देना है, क्योंकि आप ही मेरे वास्तविक निर्णायक हैं, जो मुझे बिना ग़लती किए यह बता सकते हैं कि मैंने ठीक किया या नहीं। लेकिन आप लोग तो एक शब्द भी नहीं बोल रहे।

[दोरा उसके पास आ जाती है, सहानुभूति से अपना हाथ उसके कन्धे पर रखती है।]

(उन सबको देखते हुए क्षुब्ध स्वर में) अब मेरा प्रस्ताव यह है। अगर आप तय करते हैं कि इन बच्चों को मार देना चाहिए, तो मैं रंगशाला के निकास के पास इन्तज़ार करूँगा, मैं अकेले ही कलैश-गाड़ी पर बम फेंकूँगा। मुझे मालूम है कि मैं अपना निशाना चूकूँगा नहीं। आप सिर्फ़ तय कर दीजिए, समिति के आदेश को पूरा मैं करूँगा।

स्तीफ़ान : समिति ने तुम्हें प्रधान ड्यूक को मारने का आदेश दिया था।

कलियायेव : यह सच है। लेकिन उसने मुझे बच्चों की हत्या करने के लिए नहीं कहा था।

आनिन्कोव : यानेक ठीक कह रहा है। यह अपेक्षित नहीं था।

स्तीफ़ान : उसे आदेश का पालन करना चाहिए था।

आनिन्कोव : यहाँ जिम्मेदार अधिकारी मैं हूँ। यह ज़रूरी था कि सब कुछ बता दिया जाता जिससे कोई भी अपना वह काम पूरा करने में नहीं हिचकिचाता, जो उसे दिया गया हो। सिर्फ़ यह निर्णय करना है कि हम यह मौका हाथ से एकदम निकल जाने दें या यानेक को रंगशाला के निकास पर इन्तज़ार करने की इजाज़त दें। अलेक्स्यई?

वइनोव : मैं नहीं जानता। मैं समझता हूँ कि मैं भी वही करता जो यानेक ने किया। मुझे अपने-आप पर विश्वास नहीं हो रहा। *(और भी धीमे स्वर में)* मेरे हाथ काँप रहे हैं।

आनिन्कोव : दोरा?

दोरा : *(आवेशपूर्ण स्वर में)* मैं भी रुक जाती, यानेक की तरह। क्या मैं औरों को वह सलाह दे सकती हूँ जो मैं ख़ुद नहीं निभा सकती?

स्तीफ़ान : क्या आप लोग अन्दाज़ा लगा पा रहे हैं कि यह निर्णय क्या मायने रखता है? दो महीने निगरानी की, बड़े-बड़े जोखिम उठाए और

उनसे बचे, अब ये दो महीने हमेशा के लिए खो दें। एगौर बिना किसी बात के गिरफ़्तार हुआ। रिकोव बिना वज़ह फाँसी चढ़ा। और अब फिर नये सिरे से शुरू करें? दुबारा इसी तरह का अनुकूल मौका मिलने से पहले, फिर से छल, कपट और निरन्तर बेचैनी से भरे लम्बे सप्ताह जागते हुए गुजारें? तुम लोग क्या पागल हो गए हो?

आनिन्कोव : तुम अच्छी तरह जानते हो कि दो दिनों के अन्दर प्रधान ड्यूक फिर से रंगशाला जाएँगे।

स्तीफ़ान : वही दो दिन, जब हमारे पकड़े जाने का डर है। तुम्हीं ने

ख़ुद कहा था।

कलियायेव : मैं जा रहा हूँ।

दोरा : रुको!

स्तीफ़ान से

तुम, स्तीफ़ान, क्या तुम आँखें खोलकर, एक बच्चे पर सीधा निशाना लगाकर गोली चला सकते हो?

स्तीफ़ान : मैं चला सकता था, अगर समिति ने ये आदेश दिया होता।

दोरा : फिर तुमने आँखें क्यों बन्द कर लीं?

स्तीफ़ान : मैंने? मैंने आँखें बन्द कर लीं?

दोरा : हाँ।

स्तीफ़ान : ठीक है। वह इसलिए कि मौके का बेहतर अन्दाज़ा लगाया जा सके और उद्देश्य को भली प्रकार समझकर मुकाबला किया जा सके।

दोरा : तो आँखें खोलो और यह समझ लो कि समिति की शक्ति और प्रभाव कम हो जाएँगे अगर अब इसने एक क्षण को भी ये गवारा किया कि बच्चों को हमारे बमों से टुकड़े-टुकड़े किया जा सकता है।

स्तीफ़ान : मेरे पास इन निरर्थक बातों के लिए उदारता नहीं है। जिस दिन हम बच्चों को ध्यान से निकाल देने का निश्चय कर लेंगे, उसी दिन हम दुनिया के मालिक बन जाएँगे और क्रान्ति कामयाब हो जाएँगी।

दोरा : उस दिन, समूची मानव जाति क्रान्ति से नफ़रत करेगी।

स्तीफ़ान : क्या फ़र्क़ पड़ता है अगर हम इसे इतनी गहराई से चाहते हों कि समस्त मानवता पर आरोपित करें, और इसे अपने-आपसे और अपनी दासता से बचाएँ।

दोरा : और अगर समूची मानवता क्रान्ति को अस्वीकार कर दे? और अगर आम जनता, जिसके लिए तुम संघर्ष कर रहे हो, बच्चों का मारा जाना अस्वीकार कर दे? क्या उस पर भी वार करना ज़रूरी होगा?

स्तीफ़ान : हाँ, अगर ज़रूरत पड़ी तो, सिर्फ़ तब तक जब तक कि लोग यह न समझ जाएँ कि मुझे भी जनता से प्यार है।

दोरा : प्यार का रूप ऐसा नहीं होता।

स्तीफ़ान : यह कौन कहता है?

दोरा : मैं, दोरा।

स्तीफ़ान : तुम एक स्त्री हो और तुमने अपने मन में प्यार की एक दुःख-भरी धारणा बना रखी है।

दोरा : *(उत्तेजित होकर)* लेकिन शर्म क्या होती है, इसकी धारणा मेरे मन में एकदम ठीक है।

स्तीफ़ान : मुझे अपने-आपसे शर्म, सिर्फ़ एक बार आई थी और वह भी औरों की ग़लतियों के कारण जब मुझे कोड़े पड़े थे। इसलिए कि मुझे कोड़े पड़े थे। चाबुक, जानती हो यह क्या होता है? वेरा मेरे पास थी और उसने इसके विरोध में आत्महत्या कर ली थी। मैं, मैं अभी तक जी रहा हूँ। अब भला मुझे किस बात से शर्म आएगी?

आनिन्कोव : स्तीफ़ान, यहाँ सभी लोग तुम्हें चाहते हैं और तुम्हारी इज़्ज़त करते हैं। लेकिन, कारण चाहे तुम्हारे कुछ भी हों, मैं तुम्हें हर बात कहने की खुली छूट नहीं दूँगा। हमारे सैकड़ों भाई मर चुके हैं ताकि दुनिया यह समझ सके कि मनमानी नहीं हो सकती।

स्तीफ़ान : वह कुछ भी निषिद्ध नहीं है जो हमारी लक्ष्यपूर्ति में काम आता हो।

आनिन्कोव : *(गुस्से से)* क्या यह उचित है कि पुलिस के साथ मिल जाओ और दोहरा खेल खेलो, जैसा कि ईवनो ने कहा था? क्या तुम करोगे ऐसा?

स्तीफ़ान : हाँ, अगर ज़रूरी हुआ तो।

आनिन्कोव : *(उठते हुए)* स्तीफ़ान, जो तुमने अभी कहा है, हम तुम्हारे अब तक साथ रहकर किए गए कामों के लिए भूल जाएँगे। यह तुम हमेशा याद रखना। इस समय यह समझना ज़रूरी है कि अभी कुछ ही देर में, हम उन दो बच्चों पर बम फेंकेंगे।

स्तीफ़ान : बच्चे! तुम्हारे मुँह पर सिर्फ़ यही एक शब्द है। यानि कि तुम लोग कुछ समझते ही नहीं, क्योंकि यानेक इन दो बच्चों को नहीं मार सका, हज़ारों और रूसी बच्चे, आनेवाले सालों में भूख से मरेंगे। तुमने कभी बच्चों को भूख से मरते देखा है? मैंने तो देखा है। और बम-विस्फोट से मरना इस मौत की अपेक्षा एक परमानन्द है। लेकिन यानेक ने उन्हें नहीं देखा। उसने तो सिर्फ़ प्रधान ड्यूक के ये दो करतब दिखानेवाले कुत्ते देखे हैं। इसका मतलब क्या तुम इनसान नहीं हो? क्या तुम सिर्फ़ वर्तमान

के ही एक क्षण में जीते हो? ठीक है, तो रहम का सहारा लो और हर दिन की तकलीफों से मुक्त होते रहो, न कि क्रान्ति का सहारा, जो कि सभी—वर्तमान और आनेवाली—आपदाओं से मुक्त कराना चाहती है।

दोरा : यानेक ने प्रधान ड्यूक की हत्या करना स्वीकार किया है, क्योंकि उसकी मौत से शायद वह दिन निकट आ जाए जब रूसी बच्चे भूख से नहीं मरेंगे। यह पहले ही आसान बात नहीं है। लेकिन प्रधान ड्यूक के दो भतीजों की मौत किसी भी बच्चे को भूख से मरने से नहीं रोक सकेगी। विनाश के भी कुछ नियम होते हैं, सीमाएँ होती हैं।

स्तीफ़ान : *(अत्यन्त क्रोध में)* कोई सीमाएँ नहीं होतीं। सच तो यह है कि तुम लोगों को क्रान्ति में विश्वास ही नहीं है।

[सब उठ जाते हैं, सिवाय यानेक के।]

तुम उसमें विश्वास नहीं करते। अगर तुम्हें उसमें पूरा और हर तरह का विश्वास होता, अगर तुम आश्वस्त होते कि अपने आत्मत्याग और अपनी जीत से हम एक ऐसा रूस बना सकेंगे जो तानाशाही से मुक्त होगा, स्वतंत्रता की वह भूमि होगी, जो समूचे विश्व पर छा

जाएगी, और अगर तुम्हें इसमें सन्देह नहीं है कि तब इनसान अपने शासकों और अपने पूर्वग्रहों से मुक्त होकर, सच्चे देवताओं की तरह आसमान की ओर उठेगा, तो दो बच्चों की मौत क्या मायने रखती है? तुम सारे हक अपने हाथों में ले सकते हो, पर मेरी बात समझो। अगर उन बच्चों की मौत तुम्हें रोक रही है तो इसलिए कि तुम्हें अपनी न्यायपूर्णता पर भरोसा नहीं। तुम्हें क्रान्ति में विश्वास नहीं है।

[ख़ामोशी। कलियायेव उठता है।]

कलियायेव : स्तीफ़ान, मैं अपने ऊपर लज्जित हूँ लेकिन फिर भी, तुम्हें और आगे नहीं बढ़ने दे सकता। मैंने हत्या करना स्वीकार किया था अत्याचार का तख़्ता पलट देने के लिए। लेकिन तुम्हारे शब्दों के पीछे मुझे एक ऐसी तानाशाही की घोषणा दिख रही है जो अगर कभी अधिष्ठित हो गई तो मुझे हत्यारा बना देगी, जबकि मैं कोशिश कर रहा हूँ एक न्यायकर्ता होने की।

स्तीफ़ान : क्या फ़र्क़ पड़ता है अगर तुम न्यायकर्ता न भी बनो और अगर न्याय होता रहे—हत्यारों के द्वारा ही सही। तुम और मैं कुछ भी नहीं हैं।

कलियायेव : हम लोग कुछ तो हैं और तुम यह अच्छी तरह जानते हो, क्योंकि तुम आज भी अपने ग़रूर के नाम पर ही इतना बोल रहे हो।

स्तीफ़ान : मेरा ग़रूर सिर्फ़ मुझसे मतलब रखता है। लेकिन इनसान का ग़रूर, उसकी बग़ावत, वह अन्याय जिसमें वे जीते हैं, यह हम सबकी जिम्मेदारी है।

कलियायेव : इनसान सिर्फ़ न्याय से ही तो नहीं जीता।

स्तीफ़ान : जब उसकी रोटी छीन ली जाए, तब वह अगर न्याय के नहीं, तो किसके सहारे जीता है?

कलियायेव : न्याय और निर्दोषिता के।

स्तीफ़ान : निर्दोषिता? मैं शायद इसे जानता हूँ। लेकिन मैंने इसे भूल जाना पसन्द किया है और इन हज़ारों लोगों से भी इसे भुलवा दिया है, ताकि एक दिन इसका महत्व और बढ़ जाए।

कलियायेव : तो उस हर बात का प्रतिषेध करने के लिए, जिसके सहारे इनसान जीने के लिए राज़ी होता है, इस एक दिन के आगमन पर पूरी तरह भरोसा होना चाहिए।

स्तीफ़ान : उसका मुझे पूरा विश्वास है।

कलियायेव : तुम इतने आश्वस्त नहीं हो सकते। यह जानने के लिए कि तुम्हारे और मेरे बीच कौन सही है, तीन पीढ़ियों का परित्याग करना पड़ेगा, बहुत-सी लड़ाइयाँ होंगी, भयंकर विद्रोह होंगे।

जब यह ख़ून की नदी ज़मीन पर सूखने लगेगी, तुम और मैं उससे बहुत पहले ही धूल में मिल चुके होंगे।

स्तीफ़ान : तब कुछ और पैदा हो जाएँगे, और उनका मैं ऐसे ही अभिवादन करूँगा, जैसे मेरे भाई हों।

कलियायेव : *(चिल्लाकर)* कुछ और,...ज़रूर! लेकिन मैं, उन्हें चाहता हूँ जो आज जी रहे हैं उसी ज़मीन पर जिस पर कि मैं, और यही हैं वे जिनका मैं अभिवादन करता हूँ। इन्हीं के लिए मैं संघर्ष कर रहा हूँ और मरने के लिए भी तैयार हूँ। और बहुत दूर के किसी नगर के लिए जिसके बारे में मुझे पक्का पता भी नहीं है, मैं अपने भाइयों पर प्रहार नहीं करूँगा। मैं एक मृत न्याय के निमित्त मौजूद अन्याय को और नहीं बढ़ाऊँगा। *(और भी धीमे स्वर में, लेकिन दृढ़ता से)* भाइयो, मैं आप लोगों से साफ-साफ बात करना चाहता हूँ, और आपसे कम-से-कम यह कहना चाहता हूँ—जो हममें से कोई भी देहाती कह सकता था—कि बच्चों को मारना क्रान्तिकारी प्रतिष्ठा के प्रतिकूल है। और, अगर एक दिन मेरे जीते जी, क्रान्ति प्रतिष्ठा के पथ से विमुख हुई तो मैं उससे दूर हो जाऊँगा। अगर आप यह निर्णय दें तो

मैं अभी शीघ्र रंगशाला के निकास-द्वार पर चला जाता हूँ, लेकिन मैं घोड़ों के पैरों में कूद पड़ूँगा।

स्तीफ़ान : प्रतिष्ठा एक विलास की वस्तु है और उनके लिए महफूज़ है जो कलैश-गाड़ी रख सकते हैं।

कलियायेव : नहीं। यह एक निर्धन का आख़िरी धन है। यह तुम अच्छी तरह जानते हो और यह भी जानते हो कि क्रान्ति में एक प्रतिष्ठा होती है, वही प्रतिष्ठा, जिसके लिए हम जान देने को तैयार होते हैं। यह वही है जिसने तुम्हें एक दिन कोड़ों के नीचे भी सिर ऊँचा रखने की शक्ति दी थी, स्तीफ़ान, और इसी के सहारे तुम आज बोल रहे हो।

स्तीफ़ान : *(चीख़कर)* चुप हो जाओ। मैं तुम्हें इस विषय में बात करने से बरजता हूँ।

कलियायेव : क्रोधावेश में

मैं क्यों चुप हो जाऊँ? मैंने तुम्हें यह कहने दिया कि मुझे क्रान्ति में भरोसा नहीं है। इसका मतलब है कि मैं प्रधान ड्यूक की बिना वज़ह हत्या कर सकता हूँ और मैं एक हत्यारा हूँ। मैंने तुम्हें यह कहने दिया, और तुम्हें छुआ तक नहीं।

आनिन्कोव : यानेक!

स्तीफ़ान : बड़ी संख्या में हत्या न करना, कभी-कभी बिना वज़ह हत्या करना होता है।

आनिन्कोव : स्तीफ़ान, यहाँ कोई भी तुम्हारे विचार से सहमत नहीं है। यह निर्णय हो गया है।

स्तीफ़ान : तो मैं हार मान लेता हूँ। लेकिन मैं फिर कहूँगा कि आतंक नाजुक लोगों के लिए नहीं होता। हम सब ख़ूनी हैं और अपनी इच्छा से ख़ूनी बने हैं।

कलियायेव : *(आपे से बाहर होकर)* नहीं। मैंने अपनी जान देना स्वीकार किया है ताकि हिंसा विजयी न हो सके। मैंने तय किया है, निर्दोष होना।

आनिन्कोव : यानेक और स्तीफ़ान, बहुत हो गया! समिति निर्णय देती है कि इन बच्चों की हत्या निरर्थक है। फिर से नज़र रखना ज़रूरी है। हमें दो दिन में दुबारा शुरू होने के लिए तैयार रहना चाहिए।

स्तीफ़ान : और अगर वे बच्चे फिर भी वहीं हुए तो?

आनिन्कोव : तो हम एक और मौके का इन्तज़ार करेंगे।

स्तीफ़ान : और अगर प्रधान ड्यूक के साथ प्रधान डचैस भी हुईं?

कलियायेव : मैं उन्हें नहीं छोड़ूँगा।

आनिन्कोव : सुनो।

[कलैश-गाड़ी की आवाज़। कलियायेव अनिवार्यत: खिड़की की तरफ़ बढ़ता है।

बाकी सब रुके रहते हैं। कलैश पास आती है, खिड़की के नीचे से गुजरती है और दूर चली जाती है।]

वइनोव : *(दोरा को देखते हुए, जो उसकी तरफ़ आ रही है)* फिर से शुरू करो, दोरा...

स्तीफ़ान : व्यंग से
हाँ अलेक्स्यई, फिर से शुरू करो...लेकिन प्रतिष्ठा के लिए हमें कुछ तो करना चाहिए।

[परदा]

अंक : तीन

[वही स्थान, वही समय, दो दिन बाद।]

स्तीफ़ान : वइनोव क्या कर रहा है? उसे यहाँ आ जाना चाहिए था।

आनिन्कोव : उसे नींद की ज़रूरत है। और हमारे पास अभी आधा घंटा फालतू है।

स्तीफ़ान : मैं चलूँ, कुछ ख़बरें ही देख लूँ।

आनिन्कोव : नहीं। हमें कम-से-कम खतरे उठाने चाहिए।

[ख़ामोशी।]

यानेक, तुम कुछ बोल क्यों नहीं रहे?

कलियायेव : मेरे पास कुछ कहने को है ही नहीं। फिकर मत करो।

[घंटी की आवाज़।]

वह आ गया।

[वइनोव आता है।]

आनिन्कोव : कुछ नींद पूरी हुई?

वइनोव : हाँ कुछ।

आनिन्कोव : क्या तुम पूरी रात सोए?

वइनोव : नहीं।

आनिन्कोव : सोना चाहिए था। बहुत तरीके हैं अपने-आपको सुलाने के।

वइनोव : मैंने कोशिश की थी। मैं बहुत थका हुआ था।

आनिन्कोव : तुम्हारे हाथ काँप रहे हैं।

वइनोव : नहीं तो।

[सब उसकी तरफ़ देखते हैं।]

तुम सब मेरी ओर ऐसे क्या देख रहे हो? क्या कोई थका हुआ नहीं हो सकता ?

आनिन्कोव : थका हुआ हो सकता है। हम तो तुम्हारे बारे में सोच रहे हैं।

वइनोव : *(आकस्मिक उग्रता से)* यह परसों सोचना चाहिए था। अगर दो दिन पहले बम फेंक दिया जाता, तो हम थके हुए नहीं होते।

कलियायेव : मुझे माफ करना अलेक्स्यई। मैंने मुसीबतें और बढ़ा दीं।

वइनोव : *(धीमे स्वर में)* यह किसने कहा? और मुश्किलें क्यों? मैं थका हुआ हूँ, बस।

दोरा : अब सब जल्द हो जाएगा। एक घंटे के अन्दर सब समाप्त हो जाएगा।

वइनोव : हाँ, सब समाप्त हो जाएगा। एक घंटे में...

[वह अपने चारों तरफ़ देखता है। दोरा उसकी ओर आती है और उसका हाथ पकड़ लेती है। वह अपना हाथ खुला छोड़ देता है, फिर एकदम खींच लेता है।]

वइनोव : बरिया, मुझे तुमसे बात करनी है।

आनिन्कोव : अलग से?

वइनोव : अलग से।

[सब एक-दूसरे की ओर देखते हैं। कलियायेव, दोरा और स्तीफ़ान बाहर चले जाते हैं।]

आनिन्कोव : क्या बात है?

[वइनोव चुप रहता है।]

मुझे बता दो, क्या बात है।

वइनोव : मुझे शर्म आ रही है, बरिया।

[ख़ामोशी।]

मैं बहुत शर्मिन्दा हूँ। तुम्हें सच बात बताना ज़रूरी है।

आनिन्कोव : तुम बम फेंकना नहीं चाहते?

वइनोव : मैं वो फेंक नहीं सकूँगा।

आनिन्कोव : तुम डर रहे हो? यही बात है ना? इसमें कोई शर्म की बात नहीं है।

वइनोव : मैं डर रहा हूँ और अपनी कायरता पर बहुत शर्मिन्दा हूँ।

आनिन्कोव : लेकिन दो दिन पहले तुम बहुत ख़ुश थे और मजबूत थे। जब तुम गए, तुम्हारी आँखें चमक रही थीं।

वइनोव : मुझे हमेशा डर लगता रहा है। दो रोज पहले, मैंने अपनी समूची हिम्मत बटोर ली थी, बस। जब मैंने दूर से कलैश-गाड़ी आते सुनी थी, मैंने सोचा था : 'चलो! बस एक मिनट और।' मैंने दाँत भींच लिए थे। मेरी सब मांसपेशियाँ तन गई थीं। मैं इतने आवेश से बम फेंकने जा रहा था जैसे कि प्रधान ड्यूक की मृत्यु ठीक उसकी चोट के नीचे ही होनी हो। मैं पहले विस्फोट की आवाज़ का इन्तज़ार करता रहा—अपने अन्दर की सारी संचित शक्ति को उस धमाके के साथ छोड़ देने के लिए। और फिर कुछ नहीं। कलैश-गाड़ी बिलकुल मेरे सिर पर आ गई। कितनी तेज चल रही थी वो! फिर मुझसे आगे निकल गई। तब मैं यह समझा

कि यानेक ने बम नहीं फेंका। इस समय, एक गहरे शीत ने मुझे जकड़ लिया। और अचानक मैंने अपने-आपको एक बच्चे की तरह दुर्बल महसूस किया।

आनिन्कोव : कोई बात नहीं, अलेक्स्यई। शक्ति वापस आ जाती है।

वइनोव : दो दिन से तो शक्ति वापस आई नहीं है। अब कुछ ही देर पहले मैंने तुमसे झूठ बोला था कि मैं पूरी रात सो नहीं सका हूँ। मेरा दिल ज़ोर-ज़ोर से धड़क रहा है। ओह! बरिया, मैं हताश हो गया हूँ।

आनिन्कोव : तुम्हें हताश होने की कोई ज़रूरत नहीं है। हम सभी तुम्हारी तरह थे। तुम्हें बम नहीं फेंकना पड़ेगा। फिनलैंड में एक महीने का आराम, और तुम फिर हमारे बीच लौट आओगे।

वइनोव : नहीं। यह कुछ और बात है। अगर मैं अभी बम नहीं फेंक पाया तो कभी नहीं फेंक सकूँगा।

आनिन्कोव : तो फिर?

वइनोव : मैंने वह आतंक की वज़ह से नहीं किया। अब मैं समझ रहा हूँ। बेहतर यह होगा कि मैं तुम लोगों को छोड़ दूँ। मैं कमेटी वगैरह में बोलूँगा, प्रोपेगेंडा करूँगा।

आनिन्कोव : खतरा तो बराबर है।

वइनोव : हाँ, लेकिन यहाँ आँखें बन्द करके भी काम किया जा सकता है। हमें कुछ दिखता ही नहीं।

आनिन्कोव : तुम कहना क्या चाहते हो?

वइनोव : *(व्याकुलता से)* हमें कुछ दिखता नहीं है। मीटिंग में बैठना, परिस्थितियों पर विचार-विमर्श करना, और फिर आगे के लिए आदेश दे देना आसान है। ज़िन्दगी को खतरा ज़रूर है, लेकिन बिना कुछ देखे हुए। जबकि खड़े होकर, शहर के ऊपर ढलती सन्ध्या देखना और उन लोगों की भीड़ में, जो तेज़ी से कदम बढ़ा रहे हैं गर्म सूप पीने के लिए, बच्चों से मिलने के लिए, एक औरत का प्यार पाने के लिए, सीधे और चुपचाप खड़े होना, बाँहों के छोर में बम का बोझा थामे हुए, और यह जानते हुए कि अब तीन मिनट में, दो मिनट में, कुछ ही सेकंड में, चमकती हुई कलैश-गाड़ी के आसपास लोग तेज पीड़ा में तड़प उठेंगे—यह डर लगता है। और अब मैं यह जान गया हूँ कि बिना अपना लहू बहाए नये सिरे से फिर शुरू हो सकता हूँ। हाँ, मैं शर्मिन्दा हूँ। मैंने बहुत ऊँचा लक्ष्य बाँधा। मुझे अपनी जगह से ही काम करना चाहिए। एक

छोटा-सा काम। सिर्फ़ वह काम, जिसके मैं काबिल हूँ।

आनिन्कोव : कोई काम छोटा नहीं है। जेल और फाँसी, सब ही का यही अन्त है।

वइनोव : लेकिन आँखों के सामने कोई दिखता तो नहीं है, जैसे कि वे लोग दिखते हैं जिन्हें हम मारने जा रहे हों। यहाँ कल्पना करनी पड़ती है। कई बार मैं कल्पनाशून्य हो जाता हूँ। *(झेंपकर हँसते हुए)* मैं गुप्त पुलिस में कभी विश्वास नहीं कर सका। एक आतंकवादी के लिए बड़ी बेतुकी बात है, क्यों? पेट पर पहली लात लगते ही मैं विश्वास करने लग जाऊँगा। इससे पहले नहीं।

आनिन्कोव : और एक बार जेल में? जेल में हम देखते भी हैं, समझते भी हैं। वहाँ भूलने का कोई सवाल ही नहीं होता।

वइनोव : जेल में कोई निर्णय नहीं लेना पड़ता। हाँ, यही बात है, कुछ तय नहीं करना पड़ता! अपने-आपसे यह नहीं कहना पड़ता: 'अच्छा, अब वह तुझे ही तय करना है, आवश्यक है कि तू एक-एक सेकंड तक देखकर तय कर कि तू कब बम फेंकेगा।' अब मैं यह अच्छी तरह जानता हूँ कि अगर मैं गिरफ़्तार हो गया तो मैं भाग निकलने की कोशिश नहीं करूँगा।

बच निकलने के लिए और बहुत कुछ ईजाद करना पड़ता है, पहलकदमी करना ज़रूरी हो जाता है। अगर हम भागकर न निकले तो नेतृत्व औरों के हाथ में रहता है। सभी काम वे करते हैं।

आनिन्कोव : कभी-कभी वे तुम्हें फाँसी चढ़ाने के लिए भी काम करते हैं।

वइनोव : *(अत्यन्त निराशा से)* हाँ, कभी-कभी। लेकिन मरना कम मुश्किल होगा बनिस्पत अपनी ज़िन्दगी के, और एक और ज़िन्दगी को बाँह के सिरे पर ढोने के और वह क्षण तय करने के जब मैं वे दोनों जिन्दगियाँ अन्धाधुन्ध आग की लौ में झोंक दूँगा। नहीं बरिया, अब मैं अपना उद्धार सिर्फ़ एक ही तरीके से कर सकता हूँ, और वह है, जो मैं हूँ उसे स्वीकार करना।

[आनिन्कोव चुप है।]

डरपोक भी तो क्रान्ति के काम आ सकते हैं। उनके लिए काम मिल जाए, इतना काफी है।

आनिन्कोव : यों तो हम सब ही डरपोक हैं, लेकिन हमें हमेशा मौकें नहीं मिलते यह प्रमाणित करने के। तुम वैसा ही करो, जैसा तुम्हारा मन है।

वइनोव : मैं एकदम चले जाना चाहता हूँ। मुझे लगता है मैं अब उन सबके सामने नहीं आ सकूँगा। लेकिन तुम उन्हें बता दोगे।

आनिन्कोव : मैं उन्हें बता दूँगा।

[वह उसकी तरफ़ आता है।]

वइनोव : यानेक से कहना कि यह उसकी ग़लती नहीं थी। और मैं उसे प्यार करता हूँ, इतना ही जितना तुम सबको।

[ख़ामोशी। आनिन्कोव उससे गले मिलता है।]

आनिन्कोव : अलविदा, भाई! सब कुछ पूरा होगा। रूस को ख़ुशी प्राप्त होगी।

वइनोव : *(भागते हुए)* हाँ, वह बहुत ख़ुश होगा। बहुत ख़ुश होगा!

[आनिन्कोव दरवाज़े पर जाता है।]

आनिन्कोव : आ जाओ।

[दोरा के साथ सब अन्दर आते हैं।]

स्तीफ़ान : क्या बात थी?

आनिन्कोव : वइनोव बम नहीं फेंकेगा। वह बिलकुल निःशक्त महसूस कर रहा है। ठीक से फेंक नहीं पाएगा।

कलियायेव : यह मेरी ग़लती है, क्यों बरिया?

आनिन्कोव : वह तुमसे यह कहना चाहता था कि वह तुम्हें प्यार करता है।

कलियायेव : वह हमसे दुबारा मिलेगा?

आनिन्कोव : हो सकता है। फिलहाल तो वह हमें छोड़ गया है।

स्तीफ़ान : क्यों?

आनिन्कोव : वह कमेटियों में ज़्यादा उपयोगी रहेगा।

स्तीफ़ान : उसने तुमसे यह अनुरोध किया? इसका मतलब वह डर रहा था?

आनिन्कोव : नहीं। यह मैंने ख़ुद तय किया है।

स्तीफ़ान : ठीक हमला करने के समय, तुमने हमसे एक आदमी ले लिया?

आनिन्कोव : इस हमला करने के समय, सब कुछ मुझे अकेले ही तय करना पड़ा। बातचीत करने के लिए अब वक़्त नहीं है। मैं वइनोव की जगह ले लूँगा।

स्तीफ़ान : इससे मुझे हक मिल गया।

कलियायेव : *(आनिन्कोव से)* तुम चीफ हो, तुम्हारा फ़र्ज़ है यहीं रहना।

आनिन्कोव : कभी-कभी एक चीफ का डरपोक होना भी फ़र्ज़ हो जाता है, बशर्ते कि वह मौके पर अपनी दृढ़ता दिखा सके। मैं निर्णय ले चुका हूँ। स्तीफ़ान, तुम मेरी जगह ले लोगे, जब तक

ज़रूरी है। जल्दी आओ, तुम्हारे लिए अनुदेश जानना ज़रूरी है।

[वे बाहर चले जाते हैं। कलियायेव जाकर बैठ जाता है। दोरा उसकी तरफ़ आकर एक हाथ बढ़ाती है। लेकिन फिर अपना विचार बदल देती है।]

दोरा : इसमें तुम्हारी कोई ग़लती नहीं है।

कलियायेव : मैंने उसे बहुत तंग किया है, बहुत। जानती हो एक दिन वह मुझसे क्या कह रहा था?

दोरा : वह तो लगातार यही कहता रहता था कि वह बहुत ख़ुश है।

कलियायेव : हाँ, लेकिन उसने मुझसे कहा था कि हम लोगों के साथ से परे उसके लिए कोई ख़ुशी नहीं है। 'यहाँ हम लोग हैं', वह कहता था, 'एक समिति है। और इसके बाद कुछ नहीं है। यह एक औदार्य है।' कितने दुःख की बात है, दोरा!

दोरा : वह लौट आएगा।

कलियायेव : नहीं। मैं सोच रहा हूँ, उसकी जगह मुझे कैसा लगता। मैं बेहद निराश होता।

दोरा : और इस समय, क्या तुम निराश नहीं हो?

कलियायेव : *(गहरे दुःख से)* इस समय? मैं तुम्हारे साथ हूँ, और मैं ख़ुश हूँ जैसे वह ख़ुश था।

दोरा : *(धीरे-से)* यह बड़ी असाधारण ख़ुशी है।

कलियायेव : यह अवश्य ही एक असाधारण ख़ुशी है। क्या तुम मेरी तरह नहीं सोचतीं?

दोरा : मैं तुम्हारी तरह ही सोचती हूँ। बताओ तुम उदास क्यों हो? दो दिन पहले तुम्हारा चेहरा जगमगा रहा था। लगता था तुम किसी बड़े समारोह के लिए जा रहे हो। आज...

कलियायेव : *(उठते हुए, गहन दुविधा में)* आज मैं जानता हूँ, जो मुझे पहले मालूम नहीं था। तुम ठीक कह रही थीं, यह इतना सहज नहीं है। मैं समझता था कि हत्या करना आसान है, पक्का इरादा और हिम्मत होनी चाहिए। लेकिन मैं इतना विशाल तो हूँ नहीं, और मैं अब वह समझ गया हूँ कि घृणा में किसी तरह की ख़ुशी नहीं होती। इतनी क्षुद्रता, इतनी क्षुद्रता, मुझमें और औरों में। ख़ून, कायरता, अन्याय...ओह, यह ज़रूरी है कि मैं उसे मार दूँ...लेकिन मैं जाऊँगा आख़िर तक! घृणा से भी आगे!

दोरा : और आगे? वहाँ तो कुछ भी नहीं है।

कलियायेव : वहाँ प्यार है।

दोरा : प्यार? नहीं, प्यार की कोई ज़रूरत नहीं है।

कलियायेव : ओह दोरा, तुम यह कैसे कह सकती हो? तुम, जिसका दिल मैं जानता हूँ...

दोरा : यहाँ बहुत ख़ून-खराबा है, बहुत दु:साध्य हिंसा है। जिन्हें वास्तव में न्यायप्रिय है उन्हें प्यार करने का कोई हक नहीं है। वे मेरी तरह एकदम सीधे रहते हैं, सिर उठा हुआ, आँखें जमी हुईं। उनके अभिमानी दिल में प्यार क्या करेगा? प्यार तो धीरे-धीरे सिर झुका देता है, यानेक! हम, हमारी तो गरदन अकड़ी हुई है।

कलियायेव : लेकिन हमें अपने लोगों से प्यार है।

दोरा : उनसे हमें प्यार है, यह सच है। हम उन्हें देते हैं एक विस्तृत, निराधार प्यार, एक अभागा प्यार। हम उनसे दूर रहते हैं, अपने कमरों में बन्द, अपने विचारों में खोए हुए। और ये लोग, क्या वे हमें चाहते हैं? क्या वे जानते हैं कि हम उन्हें चाहते हैं? वे लोग चुप हैं। कैसी ख़ामोशी है, कैसी ख़ामोशी है...

कलियायेव : लेकिन यही तो प्यार होता है, सब कुछ दे दो, सब कुछ त्याग दो, बिना प्रतिफल की आशा रखते हुए।

दोरा : शायद। यह अखंड प्यार, यह सच्ची और एकान्तवासी ख़ुशी, ये वास्तव में मुझे जला रहे हैं। वैसे कभी-कभी मैं सोचती हूँ कि कहीं प्यार कोई और चीज़ तो नहीं है, कहीं यह

एकालाप समाप्त तो नहीं हो जाएगा, और कहीं कभी- कभी इसका कोई जवाब तो नहीं था। इसकी मैं कल्पना करती हूँ, देखो : सूरज चमकता है, सिर धीरे-धीरे झुक जाते हैं, दिल से घमंड निकल जाता है, बाँहें खुल जाती हैं। आह! यानेक, अगर हम भूल सकें, सिर्फ़ एक घंटे के लिए ही सही, इस दुनिया की क्रूर वेदना को, और अपने-आपको सचमुच में विमुक्त छोड़ दें। सिर्फ़ एक छोटा-सा घंटा अपने आपके लिए। तुम सोचते हो कभी इस बारे में?

कलियायेव : हाँ, दोरा इसे कहते हैं प्यार।

दोरा : तुम सब कुछ जान जाते हो प्रिये, इसे कहते हैं प्यार। लेकिन क्या तुम इसे वास्तव में समझते हो? क्या तुम न्याय को प्यार से चाहते हो?

[कलियायेव चुप रहता है।]

तुम अपने लोगों को इसी खुले दिल से, इसी मधुरता से चाहते हो, या, इसके विपरीत प्रतिशोध और विद्रोह की ज्वाला से प्रेरित होकर? *(कलियायेव चुप है)* बताओ। *(उसके पास जाकर बहुत धीमे स्वर में)* और मुझे, मुझे तुम प्यार से चाहते हो?

[कलियायेव उसे देर तक देखता है।]

कलियायेव : *(कुछ देर मौन रहकर)* तुम्हें कभी कोई इतना प्यार नहीं कर सकेगा, जितना मैं करता हूँ।

दोरा : मैं जानती हूँ। लेकिन सारी दुनिया की तरह प्यार करना अच्छा नहीं होता?

कलियायेव : मैं कोई ऐरा-ग़ैरा तो हूँ नहीं। मैं जो हूँ उसी तरह तुम्हें प्यार करता हूँ।

दोरा : तुम मुझे न्याय से भी ज़्यादा, क्रान्ति समिति से भी ज़्यादा प्यार करते हो?

कलियायेव : मैं तुम्हें, समिति को और न्याय को अलग-अलग नहीं समझता।

दोरा : अच्छा, फिर भी मुझे जवाब दो, बताओ ना। तुम मुझे अकेली को प्यार करते हो, दिल की गहराई से, अपना स्वयं का समझकर। अगर मैं अन्यायी हुई तो भी मुझे प्यार करोगे तुम?

कलियायेव : अगर तुम अन्यायी हुईं, और मैं तुम्हें प्यार कर सका, तो फिर वह तुम नहीं होओगी जिसे मैं प्यार कर रहा होऊँगा।

दोरा : तुम मेरी बात का जवाब नहीं दे रहे। मुझे सिर्फ़ यह बता दो, क्या तुम मुझे प्यार करते, अगर मैं क्रान्ति समिति में नहीं होती?

कलियायेव : कहाँ होतीं फिर?

दोरा : मुझे वे दिन याद आ रहे हैं जब मैं पढती थी। मैं हँसती रहती थी। तब मैं सुन्दर भी थी। घंटों

ऐसे ही घूमा करती थी, सपने देखा करती थी। क्या तुम मुझे प्यार करते अगर मैं चपल और बेफिक्र होती?

कलियायेव : *(हिचकिचाते हुए बहुत धीरे-से)* मैं तुमसे हाँ कहने के लिए तड़प रहा हूँ।

दोरा : *(चिल्लाकर)* तो कहो ना हाँ, अगर तुम ऐसा सोचते हो और अगर यह सच है। कहो ना, न्याय के विपरीत भी, दुःख-दुर्दशा और बेड़ियों में बँधे लोगों के बावजूद...। हाँ, हाँ, मैं तुमसे मिन्नत करती हूँ, बच्चों को कष्ट, दुःख होने पर भी, उन लोगों के बावजूद जिन्हें फाँसी पर चढ़ाया जा रहा है, जिन्हें मृत्यु तक कोड़ों से मारा जा रहा है...

कलियायेव : चुप हो जाओ, दोरा!

दोरा : नहीं, कम-से-कम एक बार तो मन का गुबार निकलना चाहिए। मैं तरस रही हूँ कि तुम मुझे बुलाओ, मुझे, दोरा को, कि तुम मुझे पुकारो इस अन्याय से विकृत दुनिया से बाहर...

कलियायेव : *(क्रूरता से)* चुप हो जाओ तुम। मेरे दिल में सिर्फ़ तुम्हारा नाम है। लेकिन अभी, इस समय मुझे डगमगाना नहीं चाहिए।

दोरा : *(हक्की-बक्की-सी)* इसी समय? हाँ, मैं भूल रही थी...*(ऐसे हँसते हुए जैसे रो रही*

हो) नहीं, तुम ठीक कह रहे हो। गुस्सा मत होओ, मैं अक्ल से बात नहीं कर रही थी। बहुत थक रही हूँ। मैं ख़ुद भी यह नहीं कह सकूँगी। मैं तुम्हें उसी भावना से प्यार करती हूँ, जो न्याय का अनुसरण करने और एक उद्द्देश्य के लिए जेल जाने में होती है। तुम्हें गर्मियों के दिन याद हैं यानेक? मगर नहीं, यह अविरत शीतकाल है। हम इस दुनिया के नहीं हैं, हम तो न्यायप्रिय हैं। यहाँ एक सौहार्द है जो हमारे लिए नहीं है। *(उलटे घूमते हुए)* आह! तरस आता है न्यायप्रियों पर!

कलियायेव : *(उसे, हताश होकर देखते हुए)* हाँ, हमारे हिस्से में यही है, प्यार तो असम्भव है। लेकिन मैं प्रधान ड्यूक की हत्या करूँगा और सब जगह शान्ति हो जाएगी—तुम्हारे लिए और मेरे लिए भी।

दोरा : शान्ति! वो कब मिलेगी हमें?

कलियायेव : आवेश में

एक दिन बाद।

[आनिन्कोव और स्तीफ़ान अन्दर आते हैं। दोरा और कलियायेव एक-दूसरे से दूर हट जाते हैं।]

आनिन्कोव : यानेक!

कलियायेव : एकदम आ गया। *(ज़ोर-ज़ोर से साँस लेते हुए)* आख़िर, आख़िर...

स्तीफ़ान : *(कलियायेव की ओर आते हुए)* अलविदा, भाई, मैं तुम्हारे साथ हूँ।

कलियायेव : अलविदा, स्तीफ़ान। *(दोरा की तरफ़ मुड़कर)* अलविदा, दोरा!

[दोरा उसकी तरफ़ आती है। वे दोनों एक-दूसरे के बहुत निकट हैं, लेकिन स्पर्श नहीं कर रहे।]

दोरा : नहीं, विदा नहीं। नमस्कार! नमस्कार! हम फिर मिलेंगे।

[वह उसे देखता रहता है। ख़ामोशी।]

कलियायेव : नमस्कार। मैं...रूस एक सुन्दर देश होगा।

दोरा : *(आँसुओं के बीच)* रूस एक सुन्दर देश होगा।

[कलियायेव प्रतिमा के सामने सलीब का चिह्न बनाता है। वह आनिन्कोव समेत बाहर चला जाता है। स्तीफ़ान खिड़की में खड़ा हो जाता है। दोरा निश्चल,

अभी तक दरवाज़े की ओर टकटकी बाँधे हुए है।]

स्तीफ़ान : कैसे सीना तानकर चलता है यह! देख रही हो तुम, यानेक पर एतबार न करके मैं ग़लती कर रहा था। मुझे उसका जोश पसन्द नहीं है। उसने क्रूस का चिह्न बनाया था, तुमने देखा था? क्या वह आस्तिक है?

दोरा : वह गिरजाघर नहीं जाता।

स्तीफ़ान : फिर भी, उसकी आत्मा धर्मनिष्ठ है। यही बात हम दोनों को अलग करती है। मैं उससे ज़्यादा कटु हूँ और यह मैं अच्छी तरह जानता हूँ। हम लोगों के लिए, जो भगवान में विश्वास नहीं करते, एकदम खालिस न्याय होना चाहिए, अन्यथा मायूसी हो जाती है।

दोरा : उसके लिए, न्याय ख़ुद ही निराशाजनक है।

स्तीफ़ान : हाँ, एक कमज़ोर आत्मा है। लेकिन हाथ बहुत मजबूत हैं। वे उसकी आत्मा से ज़्यादा काम के हैं। वह उसकी हत्या कर देगा, यह पक्की बात है। यह अच्छा है, बहुत अच्छा है। विनाश, इसी की आवश्यकता है। लेकिन तुम कुछ नहीं बोल रहीं? *(दोरा को गौर से देखते हुए)* तुम उसे प्यार करती हो?

दोरा : प्यार करने के लिए समय चाहिए। हमारे पास मुश्किल से न्याय के लिए पर्याप्त समय निकल पाता है।

स्तीफ़ान : तुम ठीक कह रही हो। बहुत काम करना है, इस दुनिया को सिर से पैर तक नष्ट करना है...उसके बाद...*(खिड़की से बाहर देखते हुए)* अब वे लोग मुझे दिख नहीं रहे, पहुँच चुके होंगे।

दोरा : उसके बाद...

स्तीफ़ान : हम एक-दूसरे को प्यार करेंगे।

दोरा : अगर हम ज़िन्दा रहे तो।

स्तीफ़ान : और लोग प्यार करेंगे। एक ही बात है।

दोरा : स्तीफ़ान, बोलो 'घृणा'।

स्तीफ़ान : क्या?

दोरा : ये एक शब्द 'घृणा'. इसे ज़ोर से बोलो।

स्तीफ़ान : घृणा।

दोरा : ठीक है। यानेक इसे बहुत खराब उच्चारित करता था।

स्तीफ़ान : *(कुछ देर मौन रहकर, उसकी ओर कदम बढ़ाते हुए)* मैं समझा—तुम मेरा मज़ाक़ बना रही हो। लेकिन क्या तुम्हें विश्वास है कि तुम ठीक कर रही हो? *(कुछ देर ख़ामोशी के बाद फिर आगे बढ़ते हुए क्रोध में)* तुम सब लोग यहाँ जो कुछ करते हो, क्षुद्र प्यार के नाम

पर करना नहीं चाहते। लेकिन मुझे किसी भी चीज़ से प्यार नहीं है और मैं नफ़रत करता हूँ, हाँ, मुझे मानव जाति से नफ़रत है! मुझे उनके प्यार का क्या करना है? मैंने उसे पहचाना था जेल में, तीन साल हो गए। और तीन साल से वे मेरे साथ हैं। तुम चाहती हो कि मेरा दिल पिघल जाए और मैं बम को ऐसे उठाऊँ जैसे एक सलीब हो? नहीं! नहीं! मैं बहुत आगे जा चुका हूँ, मैं बहुत कुछ जान गया हूँ...देखो...

[वह अपनी कमीज फाड़ देता है। दोरा उसे रोकने का प्रयास करती हुई-सी लगती है और कोड़ों के निशान देखकर एकदम पीछे हट जाती है।]

ये निशान हैं! उनके प्यार की निशानी! अब भी मेरा मज़ाक़ बनाती हो तुम?

[वह उसके पास आती है और अकस्मात उसे गले लगा लेती है।]

दोरा : दर्द का मज़ाक़ कौन बना सकता है? मैं तुम्हें भी प्यार करती हूँ।

स्तीफ़ान : *(उसे गौर से देखते हुए धीरे-से)* मुझे माफ करो, दोरा! *(कुछ देर सब चुप। वह दूसरी*

तरफ़ मुड़ता है) शायद मुझे थकान थी। वर्षों से चल रहा संघर्ष, दुःख, पुलिस के गुप्तचर, कटघरा...और ऊपर से, ये। *(और निशान दिखाता है)*...प्यार करने की शक्ति कहाँ से मिलेगी मुझे? मुश्किल से मेरे पास इतना दम बचा है कि नफ़रत कर सकूँ। कुछ भी महसूस न करने से तो यही बेहतर है।

दोरा : हाँ, उससे यही बेहतर है।

[वह उसकी ओर देखता है। सात बजने की घंटियाँ सुनाई देती हैं।]

स्तीफ़ान : *(तेज़ी से पीछे मुड़ते हुए)* प्रधान ड्यूक अब यहाँ से जानेवाले हैं।

[दोरा खिड़की के पास जाकर शीशे से चिपक जाती है। लम्बी ख़ामोशी। और फिर, दूर से, कलैश-गाड़ी। वह पास आती है, और चली जाती है।]

शायद वह अकेला है...

[कलैश-गाड़ी दूर निकल जाती है। एक भयंकर धमाका। दोरा चौंककर अपना सिर अपने हाथों में छिपा लेती है। लम्बा सन्नाटा।]

न्यायप्रिय

(बरिया ने अपना बम नहीं फेंका! यानेक ने काम कर दिया!) सफलता! ओ साथियो! ओ ख़ुशी!

दोरा : *(रोते हुए उस पर गिरकर)* हमने उसे मारा है! हमने उसकी हत्या की है! मैंने!

स्तीफ़ान : *(चिल्लाकर)* किसको हमने मारा है? यानेक को?

दोरा : प्रधान ड्यूक को।

[परदा]

अंक : चार

[पुगाशैव बुर्ज में बुतिरकी जेल की एक कोठरी। सुबह का समय।

जब परदा उठता है, कलियायेव अपनी कोठरी में दिखता है। वह दरवाज़े की ओर देख रहा है। एक सन्तरी और एक जेलर एक बालटी उठाए हुए अन्दर आते हैं।]

सन्तरी : सफाई करो। और जल्दी करो।

[वह खिड़की के पास जाकर खड़ा हो जाता है। फ़ोका कलियायेव की ओर देखे बिना सफाई शुरू करता है। सब चुप हैं।]

कलियायेव : तुम्हारा क्या नाम है भाई?

फ़ोका : फ़ोका।

कलियायेव : तुम्हें जेल की सज़ा हुई है?

फ़ोका : ऐसा ही लगता है।

कलियायेव : क्या किया था तुमने?

फ़ोका : मैंने ख़ून किया था।

कलियायेव : तुम भूखे थे?

सन्तरी : धीरे बोलो।

कलियायेव : जी?

सन्तरी : धीरे बोलो। मना होने के बावजूद मैं तुम्हें बात करने दे रहा हूँ। इसलिए धीरे बात करो। बुड्ढों की तरह।

कलियायेव : तुम्हें भूख लगी थी?

फ़ोका : नहीं, मुझे प्यास लगी थी।

कलियायेव : फिर?

फ़ोका : वहाँ एक कुल्हाड़ी पड़ी थी। मैंने सबके ऊपर चला दी। ऐसा लगता है, उनमें से तीन को मैंने मार दिया।

[कलियायेव उसे गौर से देखता है।]

अच्छा बारीन,[1] तुम अब मुझे भाई नहीं बुलाओगे? बस ठंडे पड़ गए?

कलियायेव : नहीं। मैंने भी ख़ून किया था।

फ़ोका : कितनों का?

कलियायेव : अगर तुम चाहते हो तो तुम्हें बता दूँगा, भाई, लेकिन मुझे यह बताओ, जो कुछ हुआ उसका तुम्हें दुःख है ना? क्यों?

---

1. रूसी शब्द : जिससे बड़े आदमियों, ज़ार आदि को सम्बोधित किया जाता है।

फ़ोका : बेशक, बीस साल, बड़ी कीमत अदा की है। इससे दुःख तो होता है।

कलियायेव : बीस साल। जब मैं यहाँ आया तेईस साल का था, और अब मेरे बाल सफ़ेद होने लगे हैं।

फ़ोका : ओह! शायद यह तुम्हारे लिए अच्छा हो। जजों के भी ऊँचे-नीचे मिजाज़ होते हैं। यह इस पर निर्भर करता है कि क्या उनकी शादी हुई है, और किसके साथ। और फिर, तुम बारीन हो। तुम्हारे लिए वही सज़ा थोड़े ही होगी जो हम अभागों के लिए होती है। तुम छूट जाओगे।

कलियायेव : मुझे विश्वास नहीं होता। और मैं यह चाहता भी नहीं। मैं बीस साल की शर्म सहार न सकूँगा।

फ़ोका : शर्म? कैसी शर्म? आख़िर बारीन-जैसे बड़े-बड़े खयाल हैं न। कितने ख़ून किए थे तुमने?

कलियायेव : सिर्फ़ एक।

फ़ोका : क्या कह रहे हो तुम? यह तो कुछ भी नहीं है।

कलियायेव : मैंने प्रधान ड्यूक सार्ज की हत्या की थी।

फ़ोका : प्रधान ड्यूक? ऐं! और बोलो! इन बारीनों को देखो! ये खतरनाक बात है, बताओ?

कलियायेव : खतरनाक तो है। लेकिन ये करना ज़रूरी था।

फ़ोका : क्यों? तुम क्या राजमहल में रहते थे? किसी औरत का किस्सा था? सुडौल जो तुम हो...

कलियायेव : मैं समाजवादी हूँ।

सन्तरी : धीरे बोलो।

कलियायेव : *(और ज़ोर से)* मैं क्रान्तिकारी समाजवादी हूँ।

फ़ोका : ये भी एक किस्सा है। और क्या ज़रूरत थी तुम्हें, जो तुम कह रहे थे, वह होने की? तुम्हें सिर्फ़ चुप बैठना चाहिए था और सब अच्छे के लिए हो जाता। यह ज़मीन तो बनी ही बारीनों के लिए है।

कलियायेव : नहीं, यह तुम्हारे लिए बनी है। यहाँ बहुत दुःख हैं, बहुत जुर्म हैं। जब दुःख कुछ कम होंगे, जुर्म भी कम होंगे। अगर यह ज़मीन स्वतंत्र होती, तुम यहाँ नहीं होते।

फ़ोका : हाँ और ना। खैर, आज़ाद हो या नहीं, ज़रूरत से ज़्यादा पीना कभी अच्छा नहीं होता।

कलियायेव : वो कभी अच्छा नहीं होता। सिर्फ़ इतना है कि हम पीते हैं क्योंकि हमें सताया जाता है। एक समय आएगा जब पीने की ज़रूरत ही नहीं होगी, जब किसी को शर्मिन्दा नहीं होना पड़ेगा, बारीन नहीं होंगे, न गरीब अभागे। हम सब भाई-भाई होंगे और न्याय हमारे हृदय को पारदर्शी बना देगा। जानते हो मैं जिसकी बात कर रहा हूँ?

फ़ोका : हाँ, भगवान के राज्य की।

सन्तरी : धीरे बोलो।

कलियायेव : यह नहीं कहना चाहिए भाई! भगवान कुछ नहीं कर सकता। हमारा सम्बन्ध न्याय से है। *(खामोशी)* तुम नहीं समझ पा रहे? सन्त दिमित्री की कहानी जानते हो?

फ़ोका : नहीं।

कलियायेव : उसने स्वयं भगवान से मैदानों में मिलने का समय लिया था और जब वह तेज़ी से उस ओर जा रहा था उसे एक देहाती मिला, जिसकी गाड़ी कीचड़ में फँस गई थी। सन्त दिमित्री ने उसकी मदद की। कीचड़ बहुत घनी थी और दलदल बहुत गहरी। करीबन एक घंटे मेहनत करनी पड़ी। और जब यह काम खत्म हुआ, सन्त दिमित्री मिलने के लिए नियत स्थान की ओर तेज़ी से भागे। लेकिन भगवान वहाँ नहीं थे।

फ़ोका : और फिर?

कलियायेव : इसी तरह ऐसे लोग बहुत हैं जो मिलने के लिए हमेशा देर से पहुँचेंगे, क्योंकि बहुत-सी गाड़ियाँ दलदल में फँसी हैं और बहुत ज़्यादा साथियों को मदद की ज़रूरत है।

[फ़ोका पीछे हटता है।]

कलियायेव : क्या हुआ?

सन्तरी : धीरे बोलो। और तू, बुड्ढे, जल्दी कर।

फ़ोका : मुझे विश्वास नहीं होता। यह कुछ भी सामान्य नहीं लग रहा। सन्त और गाड़ी की कहानियों पर किसे खयाल है जेल में बन्द करने का। और फिर एक और बात है...

[सन्तरी हँसता है।]

कलियायेव : *(तत्परता से उसे देखते हुए)* कौन-सी?

फ़ोका : उन लोगों का क्या किया जाता है जो प्रधान ड्यूकों की हत्या करते हैं?

कलियायेव : उन्हें फाँसी लगती है।

फ़ोका : आह!

[और वह बाहर जाने लगता है, जबकि सन्तरी और ज़ोर से हँसता है।]

कलियायेव : रुको। मैंने क्या तुम्हारा कुछ बिगाड़ा है?

फ़ोका : तुमने कुछ नहीं किया। हर तरह से बारीन हो तुम, फिर भी, तुम्हें धोखा देने का मेरा कोई इरादा नहीं है। हमने इतनी बातें कीं। साथ-साथ समय निकाला, ऐसे ही, लेकिन अगर तुम्हें फाँसी लगनेवाली है, तो यह ठीक नहीं है।

कलियायेव : क्यों?

सन्तरी : *(हँसते हुए)* चलो, भई,...बोलो...

फ़ोका : क्योंकि तुम मुझसे भाई की तरह बात नहीं कर सकोगे। मैं ही सज़ा मिलनेवालों को फाँसी लगाता हूँ।

कलियायेव : तो क्या तुम मुजरिम नहीं हो?

फ़ोका : बिलकुल ठीक। इन लोगों ने मुझसे यह काम करने को कहा है और प्रत्येक फाँसी के लिए मेरी जेल की सज़ा में से एक साल कम कर देते हैं। यह लेन-देन अच्छा है।

कलियायेव : तुम्हारे अपराध माफ करने के लिए वे तुमसे और अपराध करवाते हैं?

फ़ोका : ओह, ये अपराध नहीं है, क्योंकि इसके लिए तो आदेश दिया जाता है। और फिर उनके लिए सब ठीक है। अगर तुम मेरी बात मानो तो, वे लोग ईसाई धर्म नहीं मानते।

कलियायेव : और अब तक कितनी बार कर चुके हो ये काम?

फ़ोका : दो बार।

[कलियायेव झिझकता है। बाकी दोनों दरवाज़े पर पहुँच जाते हैं, सन्तरी फ़ोका को धकेलता है।]

कलियायेव : इसका मतलब तुम एक जल्लाद हो?

फ़ोका : *(दरवाज़े में से)* हाँ बारीन, और तुम?

[वह चला जाता है। कदमों की आवाज़ सुनाई देती है, निर्देशों की भी। स्कुरातोव अन्दर आता है, बहुत ही सुरुचिपूर्ण, सन्तरी के साथ।]

स्कुरातोव : तुम जा सकते हो। नमस्कार। तुम मुझे नहीं जानते? मैं तुम्हें जानता हूँ। *(हँसते हुए)* अभी से इतने विख्यात हो गए हो? *(गौर से देखते हुए)* क्या मैं अपना परिचय दे सकता हूँ?

[कलियायेव कुछ नहीं कहता।]

तुम कुछ बोल नहीं रहे। मैं समझा। एकान्त कारावास है? बहुत मुश्किल है, आठ दिन एकान्तवास में। आज हमने अकेले रखने की पाबन्दी हटा दी है और अब तुमसे लोग मिल सकेंगे। इसीलिए तो मैं भी यहाँ हूँ। फ़ोका को मैंने पहले ही आपके पास भेजा था। असाधारण है, क्यों? मैंने सोचा था तुम उसे पसन्द करोगे। क्या तुम ख़ुश हो? आठ दिन के बाद इनसान के चेहरे दिखें, अच्छा लगता है, नहीं?

कलियायेव : यह इस पर निर्भर करता है कि चेहरा किसका है।

स्कुरातोव : अच्छी आवाज़ है, साफ और सधी हुई। तुम्हें जो चाहिए तुम जानते हो ना। *(ख़ामोशी)* अगर मैं अन्दाज़ा लगा पाया हूँ तो मेरी शक्ल से आपको अरुचि हो रही है?

कलियायेव : हाँ।

स्कुरातोव : तुम मुझे निराश कर रहे हो। लेकिन यह एक ग़लतफ़हमी है। सबसे पहले तो रोशनी कम है। तहखाने में कोई भी ठीक से नहीं दिखता। बाकी, तुम मुझे जानते नहीं हो। कभी-कभी किसी चेहरे से नफ़रत हो जाती है और फिर धीरे-धीरे जब दिल का पता लगता है...

कलियायेव : बस करो। कौन हो तुम?

स्कुरातोव : स्कुरातोव, पुलिस विभाग का निर्देशक।

कलियायेव : एक सेवक।

स्कुरातोव : आपकी सेवा में। लेकिन मैं आपकी जगह, अभिमान ज़रा कम दिखाता। आप भी शायद ठीक हो जाएँगे। हम शुरुआत न्याय की माँग के साथ करते हैं और अन्त, एक पुलिस संगठित करके। वैसे, सच्चाई से मुझे डर नहीं लगता। मैं आपसे साफ़-साफ बात करूँगा। मुझे आप पसन्द हैं और मैं आपको कुछ रियायत दिलवा सकता हूँ।

कलियायेव : कौन-सी रियायत?

स्कुरातोव : क्या मतलब, कौन-सी रियायत? मैं आपको सुरक्षित जीवन भेंट कर रहा हूँ।

कलियायेव : तुमसे किसने कहा है?

स्कुरातोव : ज़िन्दगी माँगी नहीं जाती, दोस्त! वसूल की जाती है। तुमने कभी किसी को क्षमादान नहीं दिया? *(ख़ामोशी)* अच्छी तरह याद करो।

कलियायेव : मुझे तुम्हारी रियायत नहीं चाहिए, अन्तिम रूप से।

स्कुरातोव : कम-से-कम बात तो सुनो। मैं तुम्हारा दुश्मन नहीं हूँ, इस शक्ल के बावजूद। मैं मानता हूँ कि आपके विचार सही हैं। हत्या को छोड़कर...

कलियायेव : ये शब्द इस्तेमाल मत करो।

स्कुरातोव : *(गौर से देखते हुए)* आह! मन अभी चिढ़चिढ़ाया हुआ ही है! *(ख़ामोशी)* ईमानदारी से, मैं तुम्हारी मदद करना चाहता हूँ।

कलियायेव : मेरी मदद? मैं हर मुआवजा देने को तैयार हूँ। लेकिन मैं अपने साथ तुम्हारा ये बेतकल्लुफीपन बिलकुल बर्दाश्त नहीं करूँगा। मुझे अकेला छोड़ दो।

स्कुरातोव : आरोप जो आपको भारी लग रहा होगा...

कलियायेव : मैं देख लूँगा।

स्कुरातोव : अच्छा लगता है?

कलियायेव : मैं देख लूँगा। मैं एक युद्धबन्दी हूँ, कोई अपराधी नहीं।

स्कुरातोव : जैसा आप चाहें। फिर भी, नुकसान तो हुआ है ना? प्रधान ड्यूक और राजनीति को एक तरफ़ छोड़ दो, तब भी एक आदमी की मृत्यु हुई है। और कैसी मृत्यु!

कलियायेव : मैंने बम तुम्हारे अत्याचार पर फेंका था, किसी आदमी पर नहीं।

स्कुरातोव : निस्सन्देह। लेकिन वह गिरा एक आदमी पर। सब एकदम घबरा गए। जब शव मिला तो सिर गायब था। सिर एकदम उड़ गया! बाकी में भी, एक बाँह और टाँग का एक हिस्सा ही पहचाना जा सकता था।

कलियायेव : मैंने एक फैसले का पालन किया था।

स्कुरातोव : हो सकता है, हो सकता है। फैसले के लिए कोई तुम्हारी निन्दा नहीं कर रहा। फैसला क्या होता है? एक शब्द होता है जिस पर हम रात-रात-भर विचार-विमर्श करते हैं। तुम्हारे ऊपर दोष है..., नहीं तुम यह शब्द पसन्द नहीं करोगे...यूँ कहो, एकमात्र मनोरंजन के लिए, बहुत ही अव्यवस्थित तरीके से काम करने का, जिसके परिणामों में तो विवाद की गुंजाइश नहीं है। सारा संसार उन्हें देख सकता था। प्रधान डचैस से पूछो। सब तरफ़ ख़ून-ही-ख़ून हो गया था, समझे तुम, बहुत ख़ून बहा।

कलियायेव : चुप हो जाओ तुम।

स्कुरातोव : ठीक है। मैं सिर्फ़ यह कहना चाहता था कि तुम अगर अड़े रहे, इस फैसले का जिक्र करने पर, यह कहने पर कि ये निर्णय और

इसका पालन पार्टी के आदेश से हुआ था, कि प्रधान ड्यूक की हत्या एक बम से नहीं बल्कि एक आदर्श से हुई, तो जाहिर है तुम्हें रियायत की आवश्यकता नहीं है। फिर भी फ़र्ज़ करो कि हम प्रमाण को दुबारा देखें, मान लो कि वह तुम थे जिसने कि प्रधान ड्यूक का सिर उड़ाया, सब कुछ बदल जाता है, क्यों? तब तुम्हें क्षमा किए जाने की ज़रूरत पड़ेगी। मैं तुम्हारी मदद करना चाहता हूँ। विश्वास करो, खालिस हमदर्दी की खातिर। *(फिर मुस्कुराते हुए)* क्या चाहते हो तुम, मुझे आदर्शों में कोई दिलचस्पी नहीं है, मुझे दिलचस्पी है व्यक्तियों में।

कलियायेव : *(जैसे धमाके से फट पड़ा हो)* मेरा व्यक्तित्व तुम और तुम्हारे हाकिमों से बहुत ऊँचा है। तुम मेरी हत्या कर सकते हो, मुझ पर फैसला नहीं दे सकते। मैं जानता हूँ तुम कहाँ पहुँचना चाहते हो। तुम मुझमें कोई कमज़ोर नुक्ता ढूँढ़ रहे हो और मुझसे उम्मीद कर रहे हो, शर्म में गड़ जाने की, आँसुओं की, पश्चाताप की। तुम कुछ भी हासिल नहीं कर पाओगे। मैं जो भी हूँ, उससे तुम्हारा कोई सरोकार नहीं है। तुम्हारा सम्बन्ध है हमारी नफ़रत से, मेरी

और मेरे सह-साथियों की। वे तुम्हारी सेवा में हाजिर हैं।

स्कुरातोव : नफ़रत? एक और विचार। जो सिर्फ़ विचार मात्र नहीं है, वह है हत्या। और स्वभावत: उसके परिणाम। मेरा मतलब प्रायश्चित और सज़ा है, ये है इसका सार भाग। इसी कारण तो मैंने पुलिस में नौकरी की है—सब चीजों के मूल तक पहुँचने के लिए। लेकिन आपको तो मेरा अंतरंग होकर बात करना पसन्द नहीं है।

[कुछ देर ख़ामोशी। वह धीरे-धीरे उसकी तरफ़ बढ़ता है।]

मैं सिर्फ़ इतना-सा कहना चाहता हूँ कि तुम्हें यह दिखाने की ज़रूरत नहीं कि प्रधान ड्यूक के सिर को तुम भूल गए हो। अगर तुम यह बात ध्यान में रखो तो एक आदर्श तुम्हारे बिलकुल काम नहीं आ सकता। उदाहरण के तौर पर, जो तुम कर चुके हो उसे सोचकर, गर्व महसूस करने के स्थान पर तुम शर्मिन्दा होओगे। और उस क्षण से जब तुम्हें शर्म आने लगेगी, तुम क्षतिपूर्ति करने के लिए ज़िन्दा रहना चाहोगे। अहम बात है कि तुम ज़िन्दा रहने का निश्चय करो।

कलियायेव : और अगर मैं यह निश्चय कर लूँ?

स्कुरातोव : तुम्हारे और तुम्हारे साथियों के लिए क्षमा।

कलियायेव : तुमने क्या उन्हें गिरफ्तार कर रखा है?

स्कुरातोव : नहीं। अभी नहीं। लेकिन अगर तुम ज़िन्दा रहने का निश्चय कर लो, तो हम उन्हें गिरफ्तार कर लेंगे।

कलियायेव : मैं आपको ठीक समझ रहा हूँ?

स्कुरातोव : निश्चित रूप से। तुम अभी क्रुद्ध मत होना। अच्छी तरह सोच लो। अपने आदर्श को सामने रखकर तो तुम उन्हें हमें सौंप नहीं सकोगे। उसके विपरीत, वास्तविकता को ध्यान में रखते हुए, तुम उनकी सहायता कर रहे होगे। तुम उन्हें और आगे की मुसीबतों से बचा सकोगे और साथ में फाँसी से भी बचा लोगे। सबसे बड़ी बात है कि इससे तुम्हारे दिल को बहुत शान्ति मिलेगी। हर तरह से तुम्हारे लिए यह एक बहुत बढ़िया सौदा है।

[कलियायेव चुप रहता है।]

स्कुरातोव : बोलो?

कलियायेव : मेरे साथी तुम्हें जवाब देंगे, शीघ्र ही।

स्कुरातोव : एक और जुर्म। निश्चित रूप से यह एक आह्वान है। चलो, मेरा काम खत्म हुआ। मेरा

दिल उदास है। लेकिन मैं देख रहा हूँ कि तुम अपने आदर्शों पर अटल हो। मैं तुम्हें उनसे अलग नहीं कर पाया।

कलियायेव : तुम मुझे मेरे साथियों से अलग नहीं कर सकते।

स्कुरातोव : नमस्कार! *(जाते-जाते तनिक मुड़कर)* इन हालात में, तुमने प्रधान डचैस और उनके भतीजों को क्यों छोड़ दिया?

कलियायेव : यह तुम्हें किसने बताया?

स्कुरातोव : तुम्हारा मुख़बिर हमें भी ख़बर देता रहा है। थोड़ी-बहुत, बहरहाल...लेकिन तुमने उन्हें छोड़ा क्यों?

कलियायेव : इससे तुम्हें कोई मतलब नहीं।

स्कुरातोव : *(हँसते हुए)* सचमुच? मैं तुम्हें बताए देता हूँ, क्यों। एक आदर्श प्रधान ड्यूक की तो हत्या कर सकता है, लेकिन बच्चों को नहीं मार पाता। यह है वह वास्तविकता जो तुम्हें मालूम हुई। अब एक प्रश्न उठता है : अगर तुम्हारा आदर्श बच्चों को नहीं मार सका, तो क्या वह प्रधान ड्यूक की हत्या करने के काबिल था?

[कलियायेव व्याकुल दिखाई देता है।]

ओह! मुझे जवाब मत दो, मुझे जवाब कतई मत दो! तुम प्रधान डचैस को अपना उत्तर दोगे।

कलियायेव : प्रधान डचैस को?

स्कुरातोव : हाँ, वह तुमसे बात करना चाहती हैं। और मैं खासतौर से यही पक्का करने आया था कि यह बातचीत हो सके। वे यहाँ हैं। हो सकता है तुम उनसे बात करके अपना मत बदल लो। प्रधान डचैस ईसाई हैं। आत्मा, जानते हो तुम, उनकी विशेषता है।

[वह हँसता है।]

कलियायेव : मैं उनसे मिलना नहीं चाहता।

स्कुरातोव : मुझे दुःख है, वे मिलने पर तुली हैं। और आख़िरकार, तुम्हें उनका कुछ तो मान करना चाहिए। कहते हैं, पति की मृत्यु के बाद उनकी समझ-बूझ ठीक काम नहीं कर रही। हम उनकी मर्जी के खिलाफ नहीं होना चाहते थे। *(दरवाज़े में से)* अगर तुम अपने विचार बदलो तो मेरा प्रस्ताव मत भूलना। मैं दुबारा आऊँगा।

[कुछ देर की ख़ामोशी। वह ध्यान से सुनता है।]

वे आ गईं। पुलिस के बाद, अब धर्म! तुम तो बिलकुल बिगड़ जाओगे। लेकिन सब चलता

है। भगवान की कल्पना करो, बिना जेल के। कैसा एकान्त है।

[वह बाहर चला जाता है। कुछ आवाज़ें और निर्देश सुनाई देते हैं। प्रधान डचैस अन्दर आती हैं, जो एकदम चुप और निश्चल खड़ी हैं। दरवाज़ा खुला हुआ है।]

कलियायेव : आपको क्या चाहिए?

प्रधान डचैस : *(चेहरे से आवरण हटाते हुए)* देखो।

[कलियायेव चुप रहता है।]

बहुत-सी चीजें मर जाती हैं एक आदमी के साथ।

कलियायेव : मैं यह जानता था।

प्रधान डचैस : *(स्वाभाविक लेकिन बारीक थकी हुई आवाज़ में)* हत्यारे यह नहीं जानते। अगर वे यह जानते होते, तो मारते क्यों।

[ख़ामोशी।]

कलियायेव : मैं आपसे मिल लिया। अब मैं अकेले होना चाहता हूँ।

प्रधान डचैस : नहीं। अभी तो मुझे तुम्हें देखना बाकी है।

[वह पीछे हटता है।]

प्रधान डचैस : *(बैठते हुए जैसे बिलकुल दम न हो)* अब मैं अकेले नहीं रह सकती। पहले अगर मुझे कोई दु:ख होता था, वे मेरा दु:ख समझ लेते थे। तब दुखी होना भी अच्छा लगता था। अब... नहीं, अब मैं और अकेले नहीं रह सकती, चुपचाप लेकिन किससे बात करूँ? और लोग यह नहीं जानते। वे ऊपरी दु:ख दिखाते हैं। वे दुखी होते हैं एक या दो घंटे के लिए। फिर वे खाना खाने चले जाते हैं—और सोने चले जाते हैं। खासतौर से सोना...मैंने सोचा था कि तुम मेरी ही तरह होगे। तुम नहीं सोते, यह मैं अच्छी तरह जानती हूँ। और, जुर्म की बात अगर हत्यारे से नहीं, तो किससे करें?

कलियायेव : कौन-सा जुर्म? मुझे तो सिर्फ़ न्याय के लिए एक कर्त्तव्य याद है।

प्रधान डचैस : वही आवाज़! तुम्हारी आवाज़ बिलकुल उनकी आवाज़ जैसी है। सभी लोग वही लहज़ा अपनाते हैं न्याय की बात करने के लिए। वे कहा करते थे, 'ये न्यायपूर्ण है।' और सबको चुप हो जाना पड़ता था। शायद वे ग़लती कर रहे थे, तुम ग़लती कर रहे हो...

कलियायेव : वे उस सर्वोच्च अन्याय की सजीव मूर्ति थे जिसके नीचे रूसी जनता शताब्दियों से कराह

रही है। उसके लिए उन्हें सिर्फ़ विशेषाधिकार दिए जाते थे। अगर मैं ग़लती भी कर रहा हूँ, तो जेल और मौत मेरा वेतन है।

प्रधान डचैस : हाँ, तुम तकलीफ भोग रहे हो। लेकिन वे, तुमने उन्हें मार दिया।

कलियायेव : वे अचानक मर गए। एक ऐसी मौत तो कुछ भी नहीं होती।

प्रधान डचैस : कुछ नहीं? *(और धीरे-से)* यह सच है। वे लोग तुम्हें एकदम हटा ले गए। ऐसा लग रहा था, तुम पुलिसवालों को भाषण दे रहे थे। मैं सनझती हूँ। इससे तुम्हें मदद मिली होगी। मैं कुछ सेकंड बाद पहुँची थी। मैंने देखा था। मैं जो कुछ उठा सकी, एक स्ट्रेचर पर रख दिया था। कितना ख़ून था! *(ख़ामोशी)* मैंने सफ़ेद कपड़े पहन रखे थे...

कलियायेव : चुप हो जाइए।

प्रधान डचैस : क्यों? मैं तो सच बात कह रही हूँ। जानते हो, मरने से दो घंटे पहले वे क्या कर रहे थे? वे सो रहे थे। एक आराम-कुर्सी में, पैर एक दूसरी कुर्सी पर...हमेशा की तरह। वे सो रहे थे। और तुम उनकी ताक लगा रहे थे उस क्रूर शाम को... *(रोते हुए)* अब मेरी मदद करो।

[वह पीछे हटता है और एकदम तनकर खड़ा हो जाता है।]

प्रधान डचैस : तुम युवा हो। तुम बुरे नहीं हो सकते।

कलियायेव : मुझे कभी युवक होने का समय ही नहीं मिला।

प्रधान डचैस : तुम इस तरह तनकर क्यों खड़े हो? तुम्हें कभी अपने ऊपर तरस नहीं आता?

कलियायेव : नहीं।

प्रधान डचैस : तुम ग़लती कर रहे हो। इससे मन को राहत मिलती है। मुझे सिर्फ़ अपने ऊपर तरस आता है। *(ख़ामोशी)* मुझे बहुत तकलीफ है। मुझे बचाने की जगह मार देना चाहिए था।

कलियायेव : मैंने आपको बचाने की कोशिश नहीं की थी, बल्कि उन बच्चों को बचाने की कोशिश की थी, जो आपके साथ थे।

प्रधान डचैस : मुझे मालूम है। मैं उन्हें ज़्यादा प्यार नहीं करती। *(ख़ामोशी)* वे प्रधान ड्यूक के भतीजे हैं। क्या वे अपने चाचा की तरह दंडनीय नहीं हैं?

कलियायेव : नहीं।

प्रधान डचैस : तुम उन्हें जानते हो? मेरी भतीजी का दिल बड़ा आततायी है। वो तो गरीबों को दान भी अपने हाथ से नहीं करती। उसे उनसे छू जाने का डर रहता है। क्या वह अन्यायी नहीं है? वह अन्यायी है। उन्हें कम-से-कम

देहातियों से तो प्यार था। वे उनके साथ बैठकर पीते थे। और तुमने उन्हें मार दिया। अवश्य ही तुम भी अन्यायी हो। धरती वीरान हो गई।

कलियायेव : यह सब निरर्थक है। आप मेरी शक्ति विचलित करने की, मुझे हताश करने की कोशिश कर रही हैं। आप इसमें सफल नहीं होंगी। मुझे अकेला छोड़ दीजिए।

प्रधान डचैस : प्रायश्चित करने के लिए तुम मेरे साथ भगवान का ध्यान करना नहीं चाहते?.. .इस तरह हम दोनों अकेले भी नहीं रहेंगे।

कलियायेव : मुझे अपनी मौत की तैयारी करने के लिए छोड़ दो। अगर मैं नहीं मरा तो फिर मैं एक हत्यारा ही रहूँगा।

प्रधान डचैस : *(खड़ी होते हुए)* मरने के लिए? तुम मरना चाहते हो? नहीं। *(अत्यन्त व्याकुल होकर कलियायेव के पास जाकर)* तुम्हें ज़िन्दा रहना चाहिए और एक हत्यारा होना स्वीकार करना चाहिए। क्या तुमने उनकी हत्या नहीं की? तुम्हारा फैसला तो भगवान ही करेंगे।

कलियायेव : कौन-से भगवान, मेरे या आपके?

प्रधान डचैस : वे जो पवित्र गिरजा में वास करते हैं।

कलियायेव : गिरजाघर का यहाँ कोई काम नहीं है।

प्रधान डचैस : गिरजाघर अपने अधिपति की सेवा करता है, और अधिपति भी जेल गए थे।

कलियायेव : वक़्त अब बदल गया है। और पवित्र गिरजे ने अपने अधिपति की विरासत में से जो चाहिए था, छाँट लिया है।

प्रधान डचैस : 'छाँट लिया है' से तुम्हारा क्या मतलब है?

कलियायेव : उसने ईश्वरीय करुणा अपने पास रखी है और परोपकार हम लोगों पर छोड़ दिया।

प्रधान डचैस : कौन हम?

कलियायेव : *(चिल्लाकर)* वो सब जिन्हें आप फाँसी लगा रही हैं।

[ख़ामोशी।]

प्रधान डचैस : *(मधुरता से)* मैं तुम्हारी दुश्मन नहीं हूँ।

कलियायेव : *(हताश होकर)* आप हैं, अपने वंश और कुल के सभी लोगों की तरह। जो चीज़ अपराधी होने से भी ज़्यादा नीच है, वह है उस किसी को अपराध करने के लिए मज़बूर करना, जो अपने लिए नहीं कर रहा हो। मेरी ओर देखिए। मैं आपसे कसम खाकर कहता हूँ, मैं हत्या करने के लिए पैदा नहीं हुआ था।

प्रधान डचैस : मुझसे ऐसे बात मत करो जैसे मैं तुम्हारी दुश्मन हूँ। देखो। *(दरवाज़ा बन्द कर देती है)*

मैं अपने-आपको तुम्हारे ऊपर छोड़ देती हूँ। *(रोने लगती है)* हमारा ख़ून हमें अलग करता है। लेकिन अभागे स्थान में भी हम भगवान में तो एक हो सकते हैं। कम-से-कम मेरे साथ पूजा कर लो।

कलियायेव : मुझे इनकार है। *(पास जाकर)* मुझे आप पर सिर्फ़ रहम आता है और आपने मेरे दिल को पसीज दिया है। अब आप मुझे समझने की कोशिश कीजिए, क्योंकि मैं आपसे कुछ नहीं छुपाऊँगा। मैं अब भगवान से मिलने की कोई आशा नहीं रखता। लेकिन मरकर मैं ठीक वह वचन पूरा करूँगा जो मैंने अपने उन प्यारे साथियों को दिया था जो इस समय भी मेरे बारे में सोच रहे हैं। पूजा करना उनके साथ विश्वासघात करना होगा।

प्रधान डचैस : तुम कहना क्या चाहते हो?

कलियायेव : *(उत्साह से)* कुछ नहीं, सिवाय इसके कि मुझे ख़ुशी मिलनेवाली है। मेरे सामने एक लम्बा संघर्ष है और मैं उसे निभाऊँगा। लेकिन जब सज़ा घोषित कर दी जाएगी, और जल्लाद तैयार हो जाएँगे, तो फाँसी के तख़्ते के नीचे खड़े होकर मैं आपकी तरफ़ से और इस घिनौनी दुनिया की तरफ़ से मुँह मोड़ लूँगा और अपने-आपको उस प्यार के सहारे कर

दूँगा जो मुझमें भरता जा रहा है। मेरी बात समझ रही हैं आप?

प्रधान डचैस : भगवान से दूर कोई प्यार नहीं होता।

कलियायेव : होता है। इनसान के लिए प्यार।

प्रधान डचैस : इनसान आदत से नीच होता है। उसका क्या किया जा सकता है सिवाय उसे नष्ट कर देने या क्षमा कर देने के?

कलियायेव : उसके साथ मर सकते हैं।

प्रधान डचैस : मौत अकेले को आती है। वे अकेले ही मरे।

कलियायेव : *(निराशा से)* साथ मर सकते हैं! वे लोग जो आज एक-दूसरे को प्यार करते हैं, साथ-साथ मरना चाहिए, अगर उन्हें फिर से मिल जाने की इच्छा हो तो। अन्याय उन्हें अलग करता है, शर्म, दुःख, औरों को दिया हुआ कष्ट, जुर्म उन्हें अलग करते हैं। ज़िन्दा रहना एक तड़पन है, क्योंकि अलग-अलग जीना पड़ता है।

प्रधान डचैस : भगवान सबको मिला देता है।

कलियायेव : इस धरती पर नहीं। और मेरे नियत समय सब इस धरती के हैं।

प्रधान डचैस : ये कुत्तों के नियत समय हैं, नाक ज़मीन में लगाए, सदैव सूँघना और सदैव निराश होना।

कलियायेव : *(खिड़की की तरफ़ मुड़कर)* यह मुझे शीघ्र ही पता लग जाएगा। *(ख़ामोशी)* लेकिन क्या

हम पहले से ही यह कल्पना नहीं कर सकते कि दो लोग सब ख़ुशी त्याग कर, बिना दूसरा समय निर्धारित करने की शक्ति होते हुए भी, एक-दूसरे को दर्द में प्यार करते हैं। *(डचैस को गौर से देखते हुए)* क्या हम यह नहीं समझते कि इन दोनों को एक ही बन्धन बाँधता है?

प्रधान डचैस : ये भयंकर प्यार कौन-सा है?

कलियायेव : आपने और आपके वंश ने हमें कभी कोई दूसरी तरह का प्यार करने की इजाज़त ही नहीं दी।

प्रधान डचैस : मैं उन्हें भी प्यार करती थी, जिन्हें तुमने मार डाला।

कलियायेव : वह मैं समझ गया हूँ। इसीलिए तो मैंने आपकी और आपके वंश की ज्यादतियाँ माफ कर दी हैं। *(ख़ामोशी)* अब मुझे छुट्टी दीजिए।

[लम्बी ख़ामोशी।]

प्रधान डचैस : *(फिर से उठते हुए)* मैं बस अभी तुम्हें छोड़ देती हूँ। लेकिन मैं यहाँ आई थी तुम्हें वापस भगवान की शरण में ले चलने के लिए। यह मुझे अब याद हो आया है। तुम ख़ुद ही अपना फैसला करना चाहते हो, अकेले ही अपने-

आपको बचाना चाहते हो। यह तुम्हारे सामर्थ्य की बात नहीं है। यह भगवान ही करेंगे, अगर तुम ज़िन्दा रहे। मैं तुम्हारे लिए भगवान से दया माँगूँगी।

कलियायेव : मैं आपसे प्रार्थना करता हूँ, ऐसा मत कीजिए। मुझे मर जाने दीजिए। नहीं तो मुझे आपसे अत्यधिक नफ़रत हो जाएगी।

प्रधान डचैस : *(दरवाज़े में से)* मैं यहाँ लोगों से और भगवान से प्रार्थना करूँगी कि तुम्हें क्षमा कर दें।

कलियायेव : नहीं, नहीं, मैं आपको सौगन्ध दिलाता हूँ।

[वह दरवाज़े की ओर भागता है जहाँ अचानक उसके सामने स्कुरातोव आ जाता है। कलियायेव पीछे हटता है, आँखें बन्द कर लेता है। कुछ देर सब चुप। वह फिर से स्कुरातोव की ओर देखता है।]

कलियायेव : मुझे आपकी ज़रूरत है।

स्कुरातोव : तुम मुझे देखकर ख़ुश हो। किसलिए?

कलियायेव : मैं फिर से किसी का तिरस्कार करना चाहता हूँ।

स्कुरातोव : मुझे दुःख है। मैं अपना जवाब माँगने आया था।

कलियायेव : अब तो तुम्हें वह मिल गया।

स्कुरातोव : नहीं, मुझे वह अभी तक नहीं मिला। ध्यान से सुनो। प्रधान डचैस के साथ इस मुलाक़ात का इन्तजाम मैंने इसलिए किया था कि अख़बारों में इसकी ख़बर छपवा सकूँ। इसकी रिपोर्ट एकदम ठीक होगी, सिवाय एक बात के। तुम्हारे पश्चाताप की स्वीकृति छपेगी। तुम्हारे साथी समझेंगे कि तुमने उन्हें धोखा दे दिया।

कलियायेव : *(निश्चिन्तता से)* वे लोग इस पर विश्वास नहीं करेंगे।

स्कुरातोव : मैं इस ख़बर को छपने से इस शर्त पर रोक सकता हूँ कि तुम सब कुछ साफ़-साफ़ कबूल करो। तुम्हारे पास पूरी एक रात है इस पर अच्छी तरह विचार करने के लिए।

[वह फिर से दरवाज़े की ओर जाने लगता है।]

कलियायेव : *(ज़ोर से)* वे लोग इस पर विश्वास नहीं करेंगे।

स्कुरातोव : *(फिर से कलियायेव की ओर मुड़कर)* क्यों? क्या उन्होंने कभी कोई पाप नहीं किया?

कलियायेव : तुम उनके प्यार को नहीं समझते।

स्कुरातोव : नहीं। लेकिन मैं यह जानता हूँ कि हम लोग भाईचारे पर पूरी रात, बिना एक बार भी शक

किए, विश्वास नहीं कर सकते। मैं इस शक का इन्तज़ार करूँगा। *(दरवाज़ा बन्द करके जाते हुए)* तुम बिलकुल जल्दी मत करो। मैं तसल्ली से इन्तज़ार करूँगा।

[दोनों एक-दूसरे की तरफ़ देख रहे हैं।]

[परदा।]

अंक : पाँच

[एक और कमरा, लेकिन उसी तरह का।

एक हफ़्ते बाद। रात का समय। निस्तब्धता। दोरा इधर-उधर चहल-कदमी कर रही है।]

आनिन्कोव : आराम करो, दोरा।

दोरा : मुझे ठंड लग रही है।

आनिन्कोव : यहाँ आकर लेट जाओ। अच्छी तरह ओढ़ लो।

दोरा : *(पूर्ववत चहल-कदमी करते हुए)* रात बड़ी लम्बी है। मुझे कितनी ठंड लग रही है, बरिया।

[दरवाज़ा खटखटाने की आवाज़। पहले एक, फिर दो। आनिन्कोव जाकर खोलता है। स्तीफ़ान और वइनोव अन्दर आते हैं, दोरा के पास जाकर उससे गले मिलते हैं। वह उन्हें गले से लगाए रखती है।]

दोरा : अलेक्स्यई!

स्तीफ़ान : औरलोव कह रहा है के यह आज रात सम्भव है। सभी छोटे अधिकारी, जो ड्यूटी पर नहीं हैं, बुला लिए गए है। इस वज़ह से वह वहाँ मौजूद होगा।

आनिन्कोव : कहाँ मिल रहे हो तुम उससे?

स्तीफ़ान : सोफ़िसकिया गली में, रैस्तोरैन्त में, वह हमारा इन्तज़ार करेगा, वइनोव का और मेरा।

दोरा : *(बैठे हुए, और थके हुए स्वर में)* वह आज सम्भव है, बरिया।

आनिन्कोव : अभी कुछ नहीं बिगड़ा है, निर्णय ज़ार के ऊपर है।

स्तीफ़ान : ज़ार के ऊपर निर्गय तब निर्भर करेगा जब यानेक ने उससे क्षमा माँगी होगी।

दोरा : उसने नहीं माँगी।

स्तीफ़ान : अगर क्षमा के लिए नहीं तो वह प्रधान डचैस से क्यों मिलता? उन्होंने सब तरफ़ कहा है कि वह पछता रहा था। सच का पता कैसे लगाया जाए?

दोरा : जो उसने कचहरी में कहा, और जो हमें लिखकर भेजा, वो हम जानते हैं। क्या यानेक ने यह कहा था कि उसे दुःख है, कि तानाशाही को चुनौती देने के लिए वह सिर्फ़ एक ही ज़िन्दगी को काम में ला सका? जिस आदमी

ने यह कहा, क्या वह क्षमा की भीख माँग सकता है, क्या वह पश्चात्ताप कर सकता है? नहीं, वह मरना चाहता था, अब भी चाहता है। जो कुछ उसने किया, उसे झूठा नहीं कर सकता।

स्तीफ़ान : उसने प्रधान डचैस से मिलकर ग़लती की।

दोरा : इस बारे में वह ख़ुद ही समझा सकता है।

स्तीफ़ान : हमारे नियमों के अनुसार उसे उनसे नहीं मिलना चाहिए था।

दोरा : हमारा नियम है, हत्या करना, उससे ज़्यादा नहीं। अब वह स्वतंत्र है, आख़िर में वह स्वतंत्र है।

स्तीफ़ान : अभी नहीं।

दोरा : वह स्वतंत्र है। मौत के इतने करीब, उसे मनचाहा करने का हक है। क्योंकि वह मरने जा रहा है, तुम ख़ुश रहो!

आनिन्कोव : दोरा!

दोरा : और क्या! अगर उसकी सज़ा माफ कर दी जाती, तो क्या बात थी! यह इस बात का सबूत होता कि प्रधान डचैस ने सच बोला है कि वह पछता रहा है और उसने विश्वासघात किया है। और, दूसरी तरफ़ अगर वह मर जाए तो तुम उस पर विश्वास करोगे और उसे ज़्यादा प्यार कर सकोगे। *(सबको ध्यान से देखते हुए)* बड़ा महँगा है तुम्हारा प्यार!

वइनोव : *(उसकी ओर जाते हुए)* नहीं दोरा, हमने कभी उस पर शक नहीं किया।

दोरा : *(चहल-कदमी करते हुए)* हाँ...शायद...मुझे माफ कर दो। लेकिन आख़िर फायदा क्या है! आज रात को हमें मालूम हो ही जाएगा... आह, तुम अलेक्स्यई, तुम यहाँ क्या करने आए थे?

वइनोव : उसकी जगह लेने। मैं रो रहा था। मुकदमे के दौरान, उसका बयान पढ़कर मुझे बहुत गर्व हो रहा था। जब मैंने पढ़ा : 'ख़ून और आँसुओं से भरी दुनिया के विरुद्ध मेरा सर्वोच्च प्रत्याख्यान मौत होगा...' तो मैं काँपने लगा।

दोरा : ख़ून और आँसुओं से भरी दुनिया...उसने यह कहा था, यह सच है।

वइनोव : उसने यह कहा था...आह दोरा, कितने साहस से। और आख़िर में उसकी यह महान घोषणा : 'अगर मैं हिंसा के विरुद्ध मानवीय प्रत्याख्यान के शिखर तक पहुँच गया हूँ तो मौत को, आदर्श की पवित्रता से, मेरी सफलता को सजाने दो।' तब मैंने यहाँ आने का निर्णय कर लिया।

दोरा : *(अपने हाथों में सिर छुपाते हुए)* वह वास्तव में पवित्रता चाहता था। लेकिन कैसी भयंकर परिपूर्ति!

वइनोव : मत रोओ दोरा! उसने कहा था कि उसकी मौत पर कोई नहीं रोएगा। ओह, अब मैं उसे कितनी अच्छी तरह समझ रहा हूँ। अब मैं उस पर शक नहीं कर सकता। मुझे दुःख हो रहा है क्योंकि मैंने कायरता दिखाई। और फिर मैंने टिफलिस[1], पर बम फेंक दिया। अब मैं यानेक से असहमत नहीं हूँ। जब मुझे उसकी सज़ा का पता चला, मेरे मन में सिर्फ़ एक ही विचार आया : उसकी जगह ले लूँ, क्योंकि मैं उसके पास नहीं रह सका था।

दोरा : आज शाम कौन उसकी जगह ले सकता है! वह अकेला ही होगा, अलेक्स्यई!

वइनोव : हमें उसका समर्थन गर्व से करना चाहिए, जैसे उसने हमारी सहायता का एक उदाहरण प्रस्तुत किया है। मत रोओ।

दोरा : देखो। मेरी आँखें सूखी हैं। लेकिन, भाई, ओह, नहीं अब मैं कभी अभिमान नहीं कर सकती!

स्तीफ़ान : दोरा, मुझे ग़लत मत समझो। मैं चाहता हूँ कि यानेक ज़िन्दा रहे। हमें उसके-जैसे आदमियों की ज़रूरत है।

---

1. रूस के एक शहर का प्राचीन नाम।

दोरा : वो यह नहीं चाहता। और हमें यही कामना करनी चाहिए कि वह शहीद हो जाए।

आनिन्कोव : तुम पागल हो।

दोरा : हमें यही कामना करनी चाहिए। मैं उसके दिल को समझती हूँ। इसी तरह उसे शान्ति मिलेगी। हाँ, मैं कितना चाहती हूँ कि वह शहीद हो जाए। *(धीरे-से)* लेकिन जल्दी!

स्तीफ़ान : बरिया, मैं जा रहा हूँ। चलो अलेक्स्यई। औरलोव हमारा इन्तज़ार कर रहा है।

आनिन्कोव : हाँ, और वापस आने में देर मत करना।

[स्तीफ़ान और वइनोव दरवाज़े की तरफ़ जाते हैं। स्तीफ़ान कनखियों से दोरा को देखता है।]

स्तीफ़ान : अभी हमें सब मालूम हो जाएगा। दोरा का ध्यान रखना।

[दोरा खिड़की में खड़ी है। आनिन्कोव उसकी ओर देख रहा है।]

दोरा : मौत! फाँसी! फिर भी मौत! आह बरिया!

आनिन्कोव : हाँ, मेरी बहन। लेकिन और कोई रास्ता भी तो नहीं है।

दोरा : ऐसा मत कहो। अगर मौत ही एक अकेला

रास्ता है तो हम ठीक रास्ते पर नहीं हैं। सही रास्ता वह होता है जो ज़िन्दगी की ओर ले चले, सूरज की ओर ले चले। कौन चाहता है वह ठंड, जो कभी खत्म न हो...

आनिन्कोव : वह भी ज़िन्दगी की ओर ही ले जाती है। औरों की ज़िन्दगी की ओर। रूस ज़िन्दा रहेगा, हमारे नाती-पोते ज़िन्दा रहेंगे। तुम्हें याद है वह जो यानेक कहा करता था : 'रूस और सुन्दर लगेगा!'

दोरा : बाकी लोग, हमारे नाती-पोते...हाँ। लेकिन यानेक जेल में है और रस्सी ठंडी है। वह मरनेवाला है। या शायद मर भी चुका हो, ताकि और लोग जी सकें। आह, बरिया!... और अगर और लोग भी जी न सके? कहीं अगर वह निरर्थक ही फाँसी चढ़ा?

आनिन्कोव : चुप हो जाओ। *(ख़ामोशी)*

दोरा : कितनी ठंड है। हालाँकि आजकल वसन्त है। जेल के अहाते में पेड़ हैं, मुझे ये मालूम है। उसे वे देखने चाहिए।

आनिन्कोव : कुछ ठीक से पता चलने का इन्तज़ार करो। इस तरह काँपो मत।

दोरा : मुझे इतनी ठंड लग रही है कि लगता है, मैं मर चुकी। *(ख़ामोशी)* हमारे लिए यह सब कुछ बहुत जल्दी जीर्ण हो गया, बरिया, हम

कभी भी बच्चे नहीं बन सकेंगे। पहली हत्या पर ही बचपना छोड़ जाता है। मैंने बम फेंका और एक क्षण में, तुम जानते हो, पूरी एक ज़िन्दगी ढह गई। हाँ, इसके बाद हम मर भी सकते हैं। हम मनुष्य की ज़िन्दगी का चक्र पूरा कर चुके हैं।

आनिन्कोव : लेकिन हम जान देंगे लड़ते-लड़ते, जैसे इनसान देते हैं।

दोरा : तुम बहुत तेज गति से आगे चले गए हो। तुम अब इनसान नहीं रहे।

आनिन्कोव : बदकिस्मती और दुःख भी जल्दी चलते हैं। इस संसार में अब धीरज और परिपक्वता के लिए समय ही नहीं है। रूस भी बहुत जल्दी में है।

दोरा : मैं जानती हूँ। हमने संसार का दुःख अपने ऊपर ले लिया है। उसने भी इसे अपना लिया था। कितनी हिम्मत की बात थी! लेकिन कई बार मैं सोचती हूँ कि यह एक थोथा घमंड है, जिसकी सज़ा मिलेगी।

आनिन्कोव : यह वह घमंड है जिसकी कीमत हम अपनी ज़िन्दगी से देते हैं। इससे आगे कोई नहीं जा सकता। यह वह घमंड है, जिस पर हमें अधिकार है।

दोरा : क्या हमें अच्छी तरह मालूम है कि कोई

और आगे नहीं जाएगा? कभी-कभी जब मैं स्तीफ़ान की बात सुनती हूँ तो मुझे डर लगने लगता है। हो सकता है और लोग आगे आएँ जो हमसे हत्या करने की मंजूरी ले लें और जो अपनी ज़िन्दगी से इसकी कीमत न चुका सकें।

आनिन्कोव : वह कायरता होगी, दोरा!

दोरा : कौन जानता है? हो सकता है यही न्याय हो। और तब कोई भी इसे सामने से देखने की हिम्मत नहीं कर सकेगा।

आनिन्कोव : दोरा!

[वह चुप हो जाती है।]

क्या तुम्हें सन्देह हो रहा है? मैं तुम्हें पहचान नहीं पा रहा।

दोरा : मुझे ठंड लग रही है। मैं उसके बारे में सोच रही हूँ जिसे अपने-आपको काँपने से रोकना पड़ता होगा, ताकि यह न दिखे कि वह डर रहा है।

आनिन्कोव : इसका मतलब तुम अब हमारे साथ नहीं हो?

दोरा : *(जैसे उसके ऊपर गिरते हुए)* ओह बरिया, मैं तुम्हारे साथ हूँ। मैं आख़िर तक रहूँगी। मुझे अत्याचार से नफ़रत है और मैं जानती हूँ कि

हमारे पास और कोई तरीका नहीं है। लेकिन मैंने यह रास्ता प्रसन्न मन से चुना था और अब मैं इसे उदास दिल से निभा रही हूँ। यह फ़र्क़ है। हम कैदी हो गए हैं।

आनिन्कोव : समूचा रूस ही कैद में है। हम उसकी दीवारों की धज्जियाँ उड़ा देंगे

दोरा : तुम मुझे फेंकने के लिए सिर्फ़ एक बम दे दो, और फिर देखना। मैं ज्लती हुई आग में जाऊँगी और मेरे कदम जमे हुए होंगे। यह आसान है। इन अन्तर्विरोधों से मरना, इनके साथ जीने से कहीं ज़्यादा आसान है। तुमने प्यार किया, क्या तुमने कभी प्यार किया है बरिया?

आनिन्कोव : हाँ, मैंने प्यार किया है, लेकिन अब इतना समय गुजर गया है कि मुझे कुछ याद भी नहीं है।

दोरा : कितना समय?

आनिन्कोव : चार साल।

दोरा : तुम इस क्रान्तिकारी संगठन का निर्देशन कितने साल से कर रहे हो?

आनिन्कोव : चार साल से। *(ख़ामोशी)* अब मुझे इस संगठन से प्यार हो गया है।

दोरा : *(खिड़की की ओर चलते हुए)* प्यार करना, हाँ, लेकिन प्यार किया जाना!...नहीं, चलते रहना चाहिए। अगर कुछ थोड़ा-सा रुक सकते। बढ़ते रहो! आगे चलते रहो! अगर सिर्फ़ बाँहें

फैलाकर उन्हें स्वतंत्र छोड़ सकते। लेकिन ये अधम अन्याय तो हमसे ऐसे चिपक जाता है जैसे पक्षी पकड़ने का चेप। आगे बढ़ो! हमें यहाँ अपनी वास्तविकता से ज़्यादा बड़े होने का शाप मिला हुआ है। ज़िन्दा लोग, चेहरे, ये चीजें हैं जिन्हें हम प्यार करना चाहते हैं। न्याय की अपेक्षा प्यार होता! नहीं, आगे बढ़ना ज़रूरी है। चलती रहो, दोरा! आगे बढ़ो, यानेक! *(वह रो पड़ती है)* लेकिन उसके लिए अब मंजिल दूर नहीं।

आनिन्कोव : *(उसे अपनी बाँहों में लेते हुए)* उसे माफ कर दिया जाएगा।

दोरा : *(उसकी तरफ़ टकटकी बाँधकर देखते हुए)* तुम अच्छी तरह जानते हो, यह नहीं होगा। तुम जानते हो, ऐसा नहीं होना चाहिए।

[वह दूसरी ओर देखने लगता है।]

शायद अब वह बाहर अहाते में आ गया। यह सारी दुनिया एकदम चुप, उसके बाहर दिखते ही। बशर्ते वह ठंडा न हो गया हो। बरिया, तुम्हें मालूम है, फाँसी कैसे देते हैं?

आनिन्कोव : एक रस्सी से लटकाकर। बस करो, दोरा!

दोरा : *(सुध भूली-सी)* जल्लाद कन्धों पर कूदता

है। गरदन चटक जाती है। बहुत भयंकर होता होगा?

आनिन्कोव : हाँ। एक तरह से। दूसरे अर्थ में यह एक सौभाग्य है।

दोरा : सौभाग्य?

आनिन्कोव : मरने से पहले किसी आदमी के हाथ महसूस करना।

[दोरा एक आरामकुर्सी पर निर्जीव-सी गिर पड़ती है। ख़ामोशी।]

आनिन्कोव : दोरा, इसके एकदम बाद चला जाना होगा। हम लोग कुछ आराम कर लेंगे।

दोरा : खोई हुई-सी
चली जाऊँ? किसके साथ?

आनिन्कोव : मेरे साथ, दोरा!

दोरा : उसे गौर से देखती है
चली जाऊँ!
खिड़की की ओर मुड़कर
वह देखो, सुबह हो रही है। यानेक अब मर चुका, मुझे ऐसा लग रहा है।

आनिन्कोव : मैं तुम्हारा भाई हूँ।

दोरा : हाँ, तुम मेरे भाई हो। और तुम सब मेरे भाई हो, जिन्हें मैं प्यार करती हूँ।

[बरीस के आने की आवाज़ आती है। दिन

निकलता है। दोरा बहुत धीमी आवाज़ में बोल रही है।]

लेकिन कितना भयंकर जायका होता है कभी-कभी भ्रातृत्व का!

[खटखटाने की आवाज़। वइनोव और स्तीफ़ान अन्दर आते हैं। सब एकदम निर्जीव-से खड़े हैं, दोरा लड़खड़ाती है, लेकिन प्रत्यक्ष प्रयत्न से अपने-आपको सँभाल लेती है।]

स्तीफ़ान : *(बहुत धीमी आवाज़ में)* यानेक ने हमारे साथ धोखा नहीं किया।

आनिन्कोव : औरलोव उससे मिल सका था?

स्तीफ़ान : हाँ।

दोरा : दृढ़ता से आगे आकर
तुम बैठ जाओ। अब सब कुछ बताओ।

स्तीफ़ान : क्या फायदा है?

दोरा : सब कुछ बताओ। मुझे जानने का हक है। मैं चाहती हूँ कि तुम सब कुछ बताओ। पूरे विस्तार से।

स्तीफ़ान : मुझे आएगा नहीं। और फिर अब हमें चलना चाहिए।

दोरा : नहीं, तुम पहले मुझे बतलाओगे। उसे कब

ख़बर दी गई?

स्तीफ़ान : शाम को दस बजे।

दोरा : उसे फाँसी कब लगी?

स्तीफ़ान : सुबह दो बजे।

दोरा : और वो चार घंटे, उसने इन्तज़ार किया?

स्तीफ़ान : हाँ, बिना कुछ बोले। और फिर सब बहुत जल्दी-जल्दी हो गया। अब सब कुछ खत्म!

दोरा : चार घंटे बिना बोले? एक मिनट रुको। उसने कौन-से कपड़े पहने हुए थे? उसने अपना गर्म फरकोट पहन रखा था?

स्तीफ़ान : नहीं। वह बिलकुल काले कपड़ों में था, बिना ओवरकोट के। और उसने एक काला फैल्ट हैट लगा रखा था।

दोरा : मौसम कैसा था?

स्तीफ़ान : काली अँधेरी रात। बर्फ गँदली थी। और फिर बारिश ने उसे एक चिपचिपी कीचड़ में बदल दिया था।

दोरा : वह काँप रहा था?

स्तीफ़ान : नहीं।

दोरा : क्या औरलोव ने उससे आँखें मिलाई?

स्तीफ़ान : नहीं।

दोरा : वह क्या देख रहा था?

स्तीफ़ान : सारी दुनिया, औरलोव ने बताया, बिना कुछ

भी देखते हुए।

दोरा : और फिर, और फिर?

स्तीफ़ान : छोड़ो, दोरा।

दोरा : नहीं मैं जानना चाहती हूँ। कम-से-कम उसकी मौत पर मेरा हक है।

स्तीफ़ान : उन्होंने उसे फैसला पढ़कर सुनाया।

दोरा : इस बीच वह क्या करता रहा?

स्तीफ़ान : कुछ नहीं। सिर्फ़ एक बार उसने अपनी टाँग ज़रा-सी हिलाई थी, थोड़ी-सी मिट्टी झाड़ने के लिए जो उसके जूते पर जम गई थी।

दोरा : अपना सिर दोनों हाथों में पकड़कर

स्तीफ़ान : ज़रा-सी मिट्टी!

आनिन्कोव : *(सख्ती से)* तुम्हें यह सब कैसे मालूम है?

[स्तीफ़ान चुप रहता है।]

तुमने औरलोव से सब कुछ मालूम किया? किसलिए?

स्तीफ़ान : दूसरी ओर देखते हुए
यानेक और मेरे बीच कुछ बात थी।

आनिन्कोव : क्या बात थी?

स्तीफ़ान : मुझे उससे ईर्ष्या थी।

दोरा : उसके बाद, स्तीफ़ान, उसके बाद?

स्तीफ़ान : फादर लौरेन्सकी उसके पास सलीब लेकर आए

थे। उसने उसे चूमने से इनकार कर दिया था। और उसने ज़ोर से कहा था : 'मैंने आपको पहले ही बता दिया है कि मैं ज़िन्दगी से विदा ले चुका हूँ, और अब मैं मौत के साथ, उसी श्रेणी में हूँ।'

दोरा : उसकी आवाज़ कैसी थी?

स्तीफ़ान : एकदम हमेशा जैसी। उस अधीरता और उत्तेजना से रहित जो तुम उसमें सदैव देखती थीं।

दोरा : क्या वह ख़ुश दिख रहा था?

आनिन्कोव : तुम पागल हो?

दोरा : हाँ, हाँ, मुझे पूरा विश्वास है, वह ज़रूर ख़ुश होगा। क्योंकि यह बहुत न्याय-विरुद्ध होगा, अगर ज़िन्दगी में ख़ुश होने से इनकार करके, जिससे कि वह त्याग के लिए अच्छी तरह तैयार हो सके, मौत के साथ-साथ उसे ख़ुशी न मिली हो। वह ख़ुश था और फाँसी के तख़्ते की ओर बड़े इत्मीनान से गया था, क्यों, ठीक है ना?

स्तीफ़ान : तख़्ते की ओर वह गया था। दूर, नदी-किनारे कोई एकोर्डियन के साथ गा रहा था। इसी समय कुत्ते भौंकने लगे थे।

दोरा : जबकि वह तख़्ता चढ़ रहा था...

स्तीफ़ान : वह चढ़ चुका था। रात की स्याही में छिप गया था। हमें सिर्फ़ नामालूम-सा वह आवरण दिख

रहा था, जिससे कि जल्लाद ने उसे पूरी तरह ढक दिया था।

दोरा : और फिर, और फिर...

स्तीफ़ान : दबी हुई आवाज़ें।

दोरा : दबी हुई आवाज़ें। यानेक! और फिर...

[स्तीफ़ान चुप हो जाता है।]

(उत्तेजना और पीड़ा से) फिर, मैं तुमसे पूछ रही हूँ।

[स्तीफ़ान तब भी चुप रहता है।]

बोलो, अलेक्स्यई। फिर?

वइनोव : एक भयानक आवाज़।

दोरा : आह!

[वह दीवार के सहारे गिर जाती है। स्तीफ़ान सिर घुमा लेता है। आनिन्कोव निस्तब्ध रोने लगता है। दोरा वापस मुड़ती है, उनकी तरफ़ देखती है, दीवार के सहारे खड़ी रहती है।]

(बदली हुई, विक्षिप्त आवाज़ में) मत रोओ। नहीं, नहीं, मत रोओ। तुम अच्छी तरह जानते हो, आज न्याय प्रमाणित करने का दिन है। अभी, इसी समय कोई चीज़ उद्भूत हुई है जो

हमारे और विद्रोहियों के लिए हमारा साक्ष्य है : यानेक अब हत्यारा नहीं रहा। एक भयानक आवाज़! बस एक भयानक आवाज़ पर्याप्त थी, और वह पहुँच गया बचपन की ख़ुशियों में। तुम्हें उसकी हँसी याद है? कभी-कभी वह बिना वज़ह हँसता था। कितना तरुण था वह! अब वह हँस रहा होगा। अब अवश्य हँस रहा होगा धरती से मुँह लगाकर!

[आनिन्कोव के पास जाती है।]

बरिया, तुम मेरे भाई हो? तुमने कहा था कि तुम मेरी मदद करोगे?

आनिन्कोव : हाँ!

दोरा : तो मेरे लिए सिर्फ़ इतना कर दो। मुझे बम दे दो।

[आनिन्कोव उसे गौर से देखता है।]

हाँ, अगली बार। मैं उसे फेंकना चाहती हूँ। मैं बम फेंकने के लिए पहले स्थान पर होना चाहती हूँ।

आनिन्कोव : तुम अच्छी तरह जानती हो कि हम पहली पंक्ति में औरतों को रखना नहीं चाहते।

दोरा : *(चीख़कर)* क्या मैं एक औरत हूँ, अब भी?

[वे उसकी ओर देखते हैं। कुछ देर के लिए सन्नाटा।]

वइनोव : *(मधुरता से)* मान जाओ, बरिया!

स्तीफ़ान : हाँ मान जाओ।

आनिन्कोव : यह तुम्हारी बारी थी स्तीफ़ान!

स्तीफ़ान : *(दोरा को देखते हुए)* मान जाओ। अब उसमें और मुझमें कोई फ़र्क़ नहीं है।

दोरा : अब तुम मुझे बम दोगे, है ना? मैं उसे फेंकूँगी। और बाद में, एक ठंडी रात को...

आनिन्कोव : हाँ, दोरा!

दोरा : *(रोते हुए)* यानेक! एक ठंडी रात, और वही रस्सी! अब तो सब कुछ और आसान हो गया।

[परदा।]